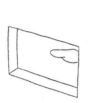

혼자서도 일상이 로맨스겠어

초판 1쇄 발행 | 2019년 4월 3일

지은이 도상희
발행인 이대식
편집인 김화영

편집 나은심 손성원 김자윤
마케팅 배성진 박상준 **관리** 홍필례
디자인 모리스 **일러스트** 정연주

주소 서울시 종로구 평창길 329(우편번호 03003)
문의전화 02-394-1037(편집) 02-394-1047(마케팅)
팩스 02-394-1029
전자우편 offcourse_book@daum.net
인스타그램 instagram.com/offcourse_book

발행처 (주)새움출판사
출판등록 1998년 8월 28일(제10-1633호)

ⓒ 도상희, 2019
ISBN 979-11-89271-51-0 03810

• 잘못된 책은 바꾸어 드립니다.
• 책값은 뒤표지에 있습니다.

혼자서도
일상이
로맨스겠어

도상희 에세이

외롭고 씩씩한 당신에게

앞으로 걸으니 바다가 가까워졌어

물고기도 움직이고

뒤로 걸으니 바다가 멀어졌어

물고기도 움직이고

가만히 있었더니

아무것도 움직이지 않았지

외로워지지 않으려면

계속 걸어야 했어

_요조, 〈안식 없는 평안〉

요조의 노래 〈안식 없는 평안〉은 외로움을 피해 끝없이 걸어야만 하는 사람의 이야기입니다. 이 노래를 처음 들었을 때, 제 이야기라고 생각했어요. 저는 스물하나에 고향을 떠나 혼자 서울에 왔습니다. 세상에 태어나 처음으로, 집으로 돌아가도 오늘 하루 어땠는지 안부를 물어주는 사람이 없는 생활이 시작됐습니다. 대학 1학년 때엔 텅 빈 자취방에서 '차라리 귀신이라도 나와서 나랑 이야기해줬으면 좋겠다.' 생각하기도 했습니다.

저는 바다로 걸어가보기로 했습니다. 독서 모임에 나가고 영화제 자원 활동 같은 이런저런 대외활동을 하면서 사람을 만났어요. 그리고 그곳에서 만난 사람에게 쉽게 반했습니다. 누구라도 마음에 두고서 혼자 있을 때 꺼내보면 마음이 덜 추웠거든요. 서울살이 채 1년이 지나지 않아 저는 '워커홀릭', '금사빠'로 불리게 되었어요. 그래도 외로움은 가시지 않았습니다. 마음 깊은 곳에서 검은 입을 벌리고 저를 기다렸지요.

사람을 만나고 돌아와 다시 혼자가 되었을 때, 공허는 저를 급습하곤 했습니다. 흠씬 두들겨 맞은 뒤엔 책을 퍼 들었어요. 수많은 타인의 문장이 이불이 되어 저를 덮어올 때, 비로소 잠들 수 있었습니다. 그렇게 외로움과 맞서 싸우며 제 안에 쌓인 문장들은 가끔 일기로 터져 나오곤 했어요.

대부분의 날들에 저는 자신만을 위해 썼습니다. 오늘은 타인의 평가에 너무 예민한 내가 힘들었고, 오늘은 몇 년 전의 죽음이 떠올라 울었고, 오늘은 길가에 스치는 능소화가 아름다운 줄 아는 내가 좋아서 웃었고. 일기 속에서 저는 자신의 감정에만 집중하는 사람이었어요.

그런데 그 일기들이 블로그에 하나씩 쌓일 때마다, 그런 제 글이 좋다는, 제 글에 마음이 따듯해진다는 댓글이 달리기 시작했습니다. 그때 생각했어요.

'혼자라도 괜찮은 사람이 되려고 끄적였는데, 타인을 위로할 수도 있다니. 그렇다면 내게 글쓰기는 이 불안한 생에서 겨우 완전해지는 일이겠다.'

『혼자서도 일상이 로맨스겠어』는 그렇게 모으기 시작한, 한 사람의 완전해지려는 버둥거림입니다.

스물일곱의 외롭고 씩씩한 제가, 이제 자기만의 방에서 걸어 나와 외롭고 씩씩한 당신에게 이 책을 건넵니다.

하숙집 202호에서,

도상희

차
례

part 2

습관성 짝사랑

part 3

아등바등 사무실

part 1

오롯한
혼자

반하는 재능

내겐 처음 만나는 사람에게 금방 반하는 재능이 있다. 일명 '금사빠'. 내가 영영 지닐 수 없는 것, 지닐 수 있겠지만 어려운 것, 가졌다가 놓친 것들을 품은 사람을 보면 나는 쉬이 반하고야 만다.

세상에는 아름다운 사람들이 너무나 많고, 나는 그것을 보고 있는 게 좋다. 나는 내가 쉬이 반하는 사람인 게 좋다. 그래서 내일도 살아갈 수 있으니까.

오늘은 감독과의 대화를 진행한 한 평론가에게 반했다. 작은 영화, 적은 관객 앞이었지만 그는 진중하고 사려 깊었다. 분명 영화를 몇 번이나 보고 공들였을 질문이 담긴 공책을 무릎 위에 소중히 올려둔 모습. 관객의 질문을 일일이 쓰면서 듣고 감독에게 다시 묻는 모습. 그리고 이어진 술자리에서 그가 상영회를 돕는 친구에게 했던 말들.

"열심히 하겠습니다."
"아니, 열심히 같은 말 하지 마요. 하고 싶은 사람이 하면 돼요. 그러다가 싫증나면 잠시 떠났다가, 다시 돌아오고 그래도 돼요. 하고 싶지도 않은데 누가 부여해주지도 않은 책임감 느끼는 거, 그건 희생이에요. 희생으로 하는 일들은 금방 자신을 소진시켜서, 결국 오래가지 못하더라고요. 제가 그래본 적 있어서."

먼저 살아온 자신은 열심히도 준비했으면서 보다 어린 사람에게 '열심히 하지 않아도 괜찮다.' 너른 마음으로 조언하는 모습이 반함 포인트! 덕분에 나도 새로 시작한 영화제 일에 최선을 다하고 싶어졌다. 좋아서 시작한 일이니까, 소진되지 않을 만큼은.

사는 동안 이렇게 계속 반하고 싶다. 계속 반하면서, 더 나은 사람이 되어간다면 좋겠다.

오롯한 혼자

일상이 로맨스야

"저 사람은 일상이 로맨스야."

5개월간의 라디오 인턴 피디 마지막 날, 디제이 A가 내게 한 말. "이제 퇴사하고 복학 전까지 뭐 할 거예요?" 다른 디제이가 물었다. "혼자 제주도에 잠시 다녀오려구요." 답하는 나를 두고 "로맨틱한 일 생기려나?" "거기서 애인 만들어요." 같은 잡담이 오갔다. 그때 A가 끼어들었다. "로맨틱한 일? 특별한 거? 그런 거 필요 없어. 상희씨는 내가 보니까 어디 멀리 안 가도, 누구랑 연애 안 해도 혼자서도 일상이 로맨스겠어."

디제이 A와는 아침 라디오를 할 때만 잠시 대화를 나눈 사이었다. 나를 잘 모르는 사람이 나에 대해 지레 넘겨짚은 말이었는데도, 이상하게 고마웠다. 내겐 그 말이, 내가 세상과 쉽게 사랑에 빠질 수 있는 사람이란 말로

16

들렸다. 매일매일 꽃을 선물 받은 사람처럼 설레며 살아
야지, 생각했으니까. 쉽게 잊히지 않을 말이었다.

오롯한 혼자

좋은 것을 좋아하자

이 추운 땅은 오늘 내게 불친절했다. '열심히 했지만 잘
하진 못했나 봐.' 중얼거리며 집에 오는 내내 울었다. 그
러니 좋은 것들이 남아 있음을 확인해야 한다. 나는 내
일도 일어나야 하니까, 나는 살고 싶지 않은 것이 아니
라 새로 태어난 듯 더 잘 살고 싶은 것이니까.

권나무 씨가 열심히 노래를 부를 때의 미간.
추운 날의 갓 만든 타코야끼와 맥주 한 캔.
인정이와 치킨을 나누어 먹고 블루투스 오디오로 크게
노래를 듣는 밤.
무엇인가 도착해 있는 우편함.
모락모락 김이 나는 갓 지은 밥과 겉절이.
색 바랜 분홍과 색 바랜 연두와 색 바랜 하늘색.
숏컷에 잘 어울리는, 품이 큰 검정 가죽 재킷.

마감을 끝내고 별자리 운세를 보며 잠드는 새벽.

지하철로 한강을 지날 때 지하에서 지상으로 나아가는 순간.

어린 조카의 웃는 모습과 인디언 보조개.

파랗게 맑은 날, 광화문 한복판에 서 있기.

"언니가 생각나서요" 하며 시작되는 늦은 저녁의 전화.

수식어가 필요 없는 입금 문자.

목욕탕에서 목욕 다하고 마시는 식혜 한 잔.

연필로 줄 그으며 책 읽는 조용한 오후.

공원에서 나뭇잎들이 만드는 빛 구멍을 보는 일.

그리고… 아직 오지 않은 많은 내일들.

오롯한 혼자

능소화

"그렇게 발견의 눈을 갖지 못한다면 삶이 다르게 보일 가능성은 제로가 되는구나 싶었던 순간이었다."

_김금희, 『경애의 마음』

오늘은 '발견의 눈'이 떠진 날. 평소 잘 다니지 않던 골목길을 걷다가 비에 젖은 아름다운 능소화를 봤다. 그것 하나로 이번 주말은 좋은 주말이 되었다.

장마에도 바깥바람을 쐬고 싶다는 의지를 보송보송하게 지켜낸 것, 땅만 보고 걷지 않고 두리번거릴 여백이 내게 남아 있는 것, 건강하게 두 다리를 딛고 서 두 눈으로 능소화를 본 것.

그 모든 게 고마웠다.

오롯한 혼자

여름 복숭아

퇴근길에 자그마한 천도복숭아를 샀다.
여름이 제철인 과일.

아저씨, 이거 달아요?
진짜 달아요, 내가 먹어봤다니까.
그럼 믿고 살게요. 너무 새그러운 거 아니죠?
그럼요.

만두 가게, 피자집, 떡볶이집… 꿋꿋이 지나쳐 넉살 좋은
척 가게 아저씨랑 몇 마디 나누고서 과일을 사서 오는 날
이면 어쩐지 잘 살고 있는 것 같은 기분이 듬뿍 든다.

올여름에는 과일을 자주 사야지.

오롯한 혼자

애틋한 옷 단속

추위지면 마음이 약해진다. 오늘은 지하철역에서 작은 꼬맹이랑 큰 꼬맹이가 한 손씩 엄마 손을 잡고 가는 뒷모습을 봤는데, 울컥해서 멋쩍었다. 엄마로 보이는 사람이 꼬맹이들 추울까 봐 옷 단속을 해주는데, 그게 왜 그렇게 애틋하고 슬펐는지.

'아무도 춥지 않았으면 좋겠다.' 같은 말도 안 되는 생각과 '나중에 아이를 낳아서 키울 수 있을까?' '계속 가난하고 계속 나 하나 챙기기 버거울 테니 아마 안 되겠지.' 같은 생각이 마구 지나가서 혼났다. 말랑하고 따뜻한 것을 사들고 집에 들어가야지, 하면서 걸었다.

달리기와 알사탕

빛바랜 체크무늬 셔츠를 즐겨 입으셨던 더벅머리 총각 정유식 선생님은 그때를 기억하실지 모르겠다. 초등학교 2학년 2반만의 작은 운동회를. 나는 학교에서 달리기를 하는 시간이 제일 싫었다. 달리기를 하면 꼭 1등, 2등, 3등 하고 등수를 붙이는 일이, 꼴지가 죄인이 되는 분위기가 미웠다. 그래서 그냥 걸었다. 릴레이 달리기 팀원을 선택하는 시간이면 나는 늘 가장 마지막까지 남아 있는 아이였다. 하지만 그날은 달랐다. 선생님은 우리에게 두 손을 모아 오목한 접시를 만들라고 했다. 우리들의 꽃받침 같은 작은 손에 물을 부어 주시고는 달려오라고 하셨다. 단, 오늘은 '손에 남은 물이 가장 많은 사람'이 1등, 요이땅!

시작 신호와 함께 아이들은 평소처럼 달려댔다. 물이 흘어지든 말든 일단 한 명이 뛰기 시작하자 모두들 새로운 규칙은 잊고 질세라 냅다 달려버렸다. 아홉 살의 도상희는 평소처럼 다박다박 걸었다. 언제나처럼 가장 늦게, 하지만 가장 많은 물을 조막손 가득 찰랑이며 결승선에 들어갔다. 나는 그날, 처음이자 마지막으로 달리기 1등을 했다. 선생님은 내 입에 초록색 알사탕을, 운동회 때 달리기 1등만 먹을 수 있던 하얀 녹말이 묻은 영롱한 사탕을 넣어 주시며 말하셨다.

"상희가 1등이다, 오늘만큼은 상희가 1등이야."

선생님은 친구들과의 경쟁을 이해하지 못하던 나에게, 그리고 그런 나를 이상하게 여기던 반 친구들에게 말씀하시고 싶었던 것 같다. '이 아이가 틀린 게 아니다, 경쟁의 기준을 바꿨을 때는 모자라 보이던 사람도 1등이 될 수 있단다. 천천히 걸어야만 완연히 가질 수 있는 것도, 이 세상에는 있단다.' 하고.

지금까지 나의 느림을 믿고 걸을 수 있었던 건, 그때의 알사탕 때문인지도 모르겠다.

오롯한 혼자

마지막은 혼자이고 싶어

모르겠다. 나는 사람이 필요하지만 적당히만 필요한 사람일까. 잘 지내는 사람들, 좋아하는 사람들은 많지만 죽도록 잃고 싶지 않다 정도의 마음은 가져지지 않는다. 때때로 술자리에서 "나는 나 아는 사람들 중에 네가 제일 잘됐으면 좋겠어."라든지 "네가 행복하면 나는 그걸로 좋아." "언니, 나 버리면 안 돼요." 하는 말을 들으면 화들짝 술이 깨고야 만다. 나를 너무 좋아해주지 마, 내게 기대지 마, 나는 너가 내게 주는 마음만큼 줄 수가 없어, 하고 속으로 삼키는 밤.

자고 가라는 친구를 가만히 안아주고 보슬비가 내리는 긴 길을 걸어왔다. 아주 조용히 조금씩만 적시는 비가 좋아서. 나는 왜 이렇게 마지막은 혼자이고 싶어 하는지.

오롯한 혼자

그럼에도 나는 고마운 그들이 준 생기로 일정 부분 작동한다. 주말에 그런 말들을 내 안에 담고서 출근하면 귀신같은 일터의 사람들은 알아챈다. "상희는 항상 주말에 뭔가 좋은 걸 묻혀오는 것 같아."

나는 세 번 뒤돌아봤고 친구는 매번 손을 흔들며 서 있었다. 내가 점이 될 때까지, 아마도.

꽃무릇

공원에서 꽃무릇을 봤다.
어디에서 씨앗이 흘러왔는지, 송이송이가
한 그루처럼 꼿꼿이 피어난 모습이 아름다웠다.

숨을 멈추고 오래 보았네.

입천장이 까져도 너는 맛있구나

아주 별것 없지만 그 자체로 완전한 단정함을 지닌 검은색 스트라이프 티를 입고서 사랑하는 근처 공원에 갔다. 포장해온 반미(딱딱한 바게트로 된 베트남식 샌드위치)를 먹었다. '입천장이 까져도 너는 맛있구나, 반미야.' 하다가 내 일에 대해 생각했다. '마음이 까져도, 그래도 계속 이 일을 맛보고 싶니?'

어제는 다른 팀에서 하기 싫은 일을 부탁하기에, 할 수 없다고 분명히 말했다. 그토록 원하던 '단호박' 인간이 되었는데 왜 마음은 언짢을까? 거절함으로써 내게 부탁한 사람 사이와의 정을 약간 잃었기 때문이다. 삶은 하나 플러스에 하나 마이너스.

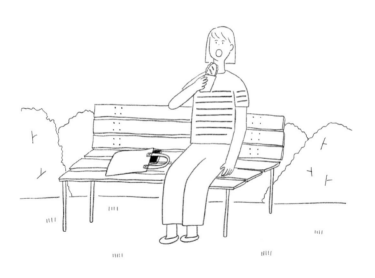

오롯한 혼자

토마토 헤어

주말에 동네 산책을 하다 '토마토 헤어'에 들어갔다. 마침 머리칼이 무겁게 느껴졌는데 상큼한 이름이 마음에 들었다. 시를 좋아한다는 미용사 아주머니가 내 머리를 맡아주셨다. 내 차례를 기다리는 중에는 에세이집을 읽고 있었는데, 아주머니는 책을 읽으면서 조급증 없이 기다리는 사람을 참 오랜만에 보았다고 했다. 우리가 별것 없고 다정한 안부들을 나누는 중에 내 머리칼은 사각사각 잘려나갔다.

무슨 일을 하느냐고 물으시기에 나는 영화가 좋아서 관련된 곳에 있다고 했고, 아주머니는 어쩌시냐고 물었다. 그는 어렸을 때 남동생의 머리카락을 주방용 가위로 잘라주다가 혼이 난적도 있다고 했다. 이 일이 여전히 아주 재미나다며 미소했다. 미용실에서의 대화는 참 오랜만이다. 쉴 새 없이 손으로 입으로, 손님들을 대하며 의상실을 꾸렸던 내 엄마 아빠의 고단함을 떠올리며 나는 부러 잠을 청하곤 했기 때문이다. 말 걸지 않고 집중하셔도 괜찮다는 나만의 무언의 허락. 하지만 오늘은 서로 떠들어 즐거운 날이었다.

한여름 혼자 강원도

바다를 자주 앓는다. 답답함에 강원도를 찾았다. 늘 비수기를 택해 갔지만 오늘은 북적임을 한번 참아보자 싶을 만큼 바다가 보고 싶었다. 눈도, 마음도 시원하게 드였으면 했다. 바다는 늘 그랬듯 새롭게 아름다웠다. 하지만 어디를 둘러봐도 혼자 온 사람은 나뿐인 것 같아서, 나는 내가 나를 보는 시선에 지고 말았다.

낯선 여행지에서 아무도 내게 신경 쓰지 않는데도 나는 왜 움츠러들까. 나와 단둘이 좋으려고 왔는데. 모처럼 마음먹고 쓴 챙 있는 모자는 어울리지 않는 것 같고, 답답해 보이는 운동화가 신경 쓰여 쪼리를 사고, 발가락 사이가 아파 쪼리를 잘 끌지 못하는 내 폼이 엉성해 속상해하고. 혼자 들어간 식당에서 이것저것 2인분을 시켜 먹으며 주위를 살피고. 왜 그러고 사니 미련곰탱이야,

싶어진다. 그런 내게 여행지에서도 안식처가 되어주는 곳은 적당히 커서, 낮게 떠드는 사람들 속에 나를 숨겨주는 카페에서의 독서다.

오롯한 혼자

온전한 한때

오늘 출근 전엔 창이 큰 카페에 앉아 한참을 멍했다.

아무것도 읽지도, 쓰지도 않고 비와 떨어지는 잎들과 지나는 사람의 우산, 걸음걸이 그런 것들을 봤다. 카페는 내게 과제나 마감 등 무언가에 열중하기 위한, 누군가와 대화하기 위한 수단이었다. 그런데 오늘은 처음으로 카페를 한 장소로 오롯이 느꼈다. 시켜놓은 카모마일 차의 향기와 겨울을 마중 나온 카페의 캐럴, 그리고 가을의 마지막 날을 알리는 비까지. 온전한 한때였다.

오롯한 혼자

아빠와 눈길

당신은 죽어서 이승과 저승의 사이, 연옥의 세계에 왔다. 그곳의 사자가 묻는다.

"당신은 이승에서의 단 하나의 순간만 기억할 수 있습니다. 우리는 그 순간을 영화로 만들어드립니다. 당신은 그 영화를 다 보는 순간, 저승으로 보내집니다. 어떤 기억을 고르시겠습니까?"

고레에다 히로카즈의 영화 〈원더풀 라이프〉는 이 질문에 답하는 사람들의 이야기다. 영화가 끝나고 나도 곰곰이 생각해봤다. 나에게는, 그때 그 순간이면 될 것 같다.

눈 구경하기 힘든 부산에, 그것도 초봄에 엄청나게 눈이 퍼부은 신기한 날이었다. 선명하게 기억난다. 2010년

3월 10일. 고2 모의고사 첫날이어서 학교를 쉴 수도 없었다. 내가 살던 곳은 산동네여서 쌓인 눈에 바퀴 달린 것들은 모두 운행을 멈췄다. 꽤나 걸어서 지하철을 타고 학교에 가야만 했다. 그날 아빠는 바로 뒤에 언니를, 언니 뒤에 나를 세우고 앞장서서 눈길을 걸어갔다. 우리가 나이가 몇이냐고 혼자서 잘 갈 수 있다고, 살살 걸어가면 안 미끄러질 거라고 그렇게나 말한 뒤였지만 이미 아빠는 등산화를 챙겨 신고서 저 멀리 앞장서 있었다. 회사로 향하는 언니와는 헤어지고서 아빠와 나는 지하철을 타고 학교로 향했다. 나는 아빠에게 잘 다녀오겠다고 인사를 하고 지하철에서 내렸다. 지하철역에서 학교까지 가는 길은 쌓인 눈이 녹고 또 쌓이고를 반복한 뒤라서 꽤나 미끄러웠다. 나처럼 둔하고 운동신경 없는 애가 미끄러지기 딱 좋은 비탈진 얼음 바닥을 걸어 내려가야만 했다. 엉거주춤 천천히 가다가 친구들을 만나서 이게 무슨 일이냐 어쩌고저쩌고하고 있는데 한 아이가 갑자기 나에게 물었다.

"니 뒤에 저 아저씨가 따라오는데?"

오롯한 혼자

추위에 코가 빨개진 한 아저씨가 서 있었다. 자기 장갑을 막내딸 손에 끼워주는 바람에 손이 얼어버린, '이크, 들켰다' 하는 표정의 아빠가.

분명히 아빠가 집으로 향하는 지하철을 타러 가는 뒷모습을 봤었는데, 아빠는 막내딸이 학교 가는 그 잠깐 동안 넘어지기라도 할까 봐, 넘어지면 얼른 달려가서 일으켜 세워주려고 내 뒤를 몰래 따라오고 있던 거였다. 손잡고 같이 정문까지 가자고 하면 '내가 애도 아니고 쪽팔리게 뭐!' 하고 빽 소리칠 걸 알았기 때문에 몰래 따라오고 있던 거였다. 나는 친구들을 먼저 보내고, 아빠품에 안겨서 울었던 것 같다. 그날 모의고사는 그래서 잘 쳤던지, 망쳤던지.

내게 마지막 날이 찾아온다면 그때를 영원히 담아가고 싶다.

'이크, 들켰다' 그 순간.

오롯한 혼자

밤 목련

우리 동네엔 내가 제일 좋아하는 목련 한 그루가 있다. 지하철에서 집으로 곧장 가는 길이 아니라 조금 돌아가는 으슥한 길목에 있는데, 이때쯤 밤 목련을 봐야지 봐야지, 미뤄두었다가 퇴근하면 한밤중이라서 그 길을 못 가봤다. 바쁜 일들을 다 마치고 오늘에야 한숨 돌리고서, 겨우 10분 더 돌아가면 되는 그 길을 갔더니. 오늘 내린 비에 목련이 다 떨어졌다.

소중한 것들은 한숨에 진다.

녹아버린 마음

부쩍 다시 고향으로 내려가고 싶다는 생각을 한다. 혼자 잠들고 혼자 눈뜨고 혼자 길을 지나서, 일에 대해서만 꼬박 이야기하다가 다시 혼자 지내는 일상. 시침도 초침도 없는 시계처럼, 그렇게 어느 때나 같은 나. 사람이랑 부대끼기는 버겁고, 이럴 땐 가족 생각이 애틋해진다. 물론 정말 같이 살게 되면 다시 나오고 싶겠지만.

내일은 아빠 생신이라 용돈을 계좌로 부치고, 한 달 만에 전화를 걸었다. 아빠는 "누구세요? 나는 막내딸 둔 적이 없는데." 하고 웃었는데, 나도 모르게 그만 눈물이 났다. 내가 얼마나 자주 전화해서 칭얼거리고 싶은지, 걱정시키고 싶지 않은지 알기나 할까. 정말 이건 못된 날씨 때문이다. 지치는 몸. 무르게 녹아내리는 마음. 하드바 막대기처럼 남아버린 외로움. 어서 서늘해졌으면 좋겠다.

어제의 언니들

어제 언니들에게 들은 말.

— 회사에서

나 : 언제나 먼저 다가가고 너무 좋아하고 매달렸는지, 부담스럽다는 이야기를 많이 들었어요.

팀장님 : 그건 네가 너의 삶을 온통 그 사람으로 채우려고 해서야. 그러면 서로에게 얼마나 짐스러워져. 각자가 자신의 생활을 열심히 하는 중에, 시간 나면 만나는 거고 만나는 시간만큼은 서로에게 집중하는 거고. 그렇게 각자의 일상 속 작은 틈에 머물다 가도록 서로를 허락한 사람이다, 우리는, 그래야 돼. 그게 사랑이야.

— 퇴근 후 낭독회에서

권여선 작가 : 삶은 노동, 작업, 활동으로 이루어져 있다고 스피노자가 말했어요. 먹고살기 위해 하는 일이 노동, 그 노동을 하기 전후로 씻고 챙기고 먹고 지하철에 타고 목적지에 가고, 내 방을 청소하고 이런 게 작업인데, 우리는 작업의 순간은 삶에서 없는 거고 그냥 어쩔수 없이 흘려보내는 시간이고 목적을 위해 해치우는 시간이라고 생각해요. 하지만 그 순간들도 다 소중한 내일상이에요. 나를 아름답게 천천히 씻기고, 느긋하게 콩나물 한 시간 다듬어 요리해 먹이고, 지하철에선 책도 노래도 없이 멍하니 나 자신과 있어보고, 이리저리 나와놀아보는 시간으로 만들어야 해요. 그렇게 되면 작업도 '활동'이 되죠. 즐거워서 하는 모든 것, 하고 싶어서 하는 창조 같은 게 활동이에요.

자장가

어릴 때 엄마 배 위에 손을 올려놓고 자는 날이면(우리 가족은 그걸 '빳데리 충전'이라고 불렀다.) 나는 자장가를 제일 슬퍼하면서도 제일 좋아했다. 천둥 번개가 치는 날이면 엄마는 조용히 자장가를 불러주었다.

'엄마는 섬 그늘에 굴 따러 가면 아이는 혼자 남아 집을 보다가……'

그러면 나는 문득 혼자 남은 아이의 마음이 되어선 슬퍼졌던 거다. '엄마 그만, 그만 부르고 자자.' 하고 말하면 엄마는 '바다가 불러주는 자장노래에 팔 베고 스르르르 잠이 듭니다.'는 마저 안 부르고, '닭아 닭아 꼬꼬 닭아 우지 마라. 우리 아기 잘도 잔다.' 하는 요상한 옛날 자장가를 불러줬다.

아기를 곤히 재우기 위해서 온 세상이 숨죽이고, 바다만 깨어 자장가를 불러준다는 그 가사가, 그 마음이 애틋하게 떠오르는 이제는 어른의 밤이다. 자장가를 불러주는 이 없는, 고요하기만 한 밤이다.

상희씨는 욜로예요?

해를 마무리하며 가장 기억에 남은 질문은 이것이다.

"그럼 상희씨는 '욜로'예요?"

여름, 마음에 들던 남자가 술자리에서 나에게 물었다. 저 질문 이후로는 더 가까워지질 못했다. 나의 '하고 싶은 것을 하고 사는 삶'을 듣고는 멀리까지 계획하는 본인과 달라서, 단지 신기해했던 것 같은데 '욜로'라는 단어에 왜 기분이 나빴을까. 그래, 나 욜로 맞지. 소확행 맞지. 그런데 올해는 저 질문 때문인지 몰라도 이런 내 삶의 태도에 경각심을 세우게 됐다. 내일이 없을 수도 있으니 지금 행복하자는 마음은 2014년 4월 이후로 더 확고해져만 왔었다.

하지만 그렇게 '지금 좋은 것'만 하고 몇 년 지냈더니, 미래가 현재에 희생당하는 것 같았다. 삶에는 꼭 해야만 할 것도 있는데, 그걸 해치우기 위한 꾸준한 노력을 하지 않았더니 행복해지질 않았다. 쾌락과 행복은 다른 것이니 이대로 오래오래 살게 된다면 낭패가 아닐까? 요즘은 '소확행'이니 하는 말들로부터 멀어져 더 모으고 공부를 더 해야겠다는 생각이 든다. '하루하루는 성실하게, 인생 전체는 되는대로'라는 영화평론가 이동진의 명언을 다시금 떠올리며 뒤늦게 대꾸해본다. 저 이제 욜로 안 하렵니다.

잘 산다는 것의 기준

내가 잘 살고 있나? 생각이 들면 '자기만의 잘 산다는 것의 기준은 무엇인가?'를 먼저 세워보라는, 정신과 의사의 글을 읽고 내게 하는 질문을 스스로 만들어봤다. 지극히 개인적인 기준이다.

1. 내가 없으면 안 될 만큼 책임감이 주어지며 사회에 도움된다고 스스로 믿는 일을 하고 있는가?
2. 월세와 식비, 취미 비용 등이 현재 빚 없이 해결 가능한가?
3. 크게 아픈 곳이 없어 푹 자고 일어날 수 있는가?
4. 거울을 보며 나 자신을 예쁘지는 않지만 귀엽다 정도로는 여길 수 있는가?
5. 그것을 하면 언제든 기분 좋아지는 취미를 두 개 이상 가지고 있고 할 시간 여유가 있는가?

6. 별것 안 하고 보기만 해도 좋고 나를 좋아해주는 사람들이 세 명 이상 있고 그들 중 한 명과 주 1회 이상 만나는가?
7. 나를 설레게 하는 사람이 있는가?
8. 표현하고 싶은 욕구를 털어낼 플랫폼, 사람 등이 있는가?

하지만 가끔 여덟 번 '그렇다'를 말할 수 있을 때에도 공허가 나를 찾아오는 이유는 무엇일까.

어른스럽지 않아도
괜찮아

어제오늘, 길을 걷다 발을 쾅쾅 굴리는 사람을 둘 봤다.
왜 그 모습이 이렇게 마음에 남을까? 생각해보니, 한 번
도 발을 쾅쾅 바닥에 찧으며 뭔가를 욕망함을 드러내본
일이 없는 것 같았다. 아주 어릴 때부터 나는 그 흔한
'저거 사줘' 하며 시장 바닥에 드러눕기 같은 걸 한 적이
없다고 했다. 엄마는 어른스러운 아이를 낳았네, 하고
생각했다고.

어제 어느 나이 든 여자가 급히 달려오다 신호가 걸려
서 신호등 앞에서 두 발을 쾅쾅 내리치며 욕을 했다. 어
디를 그토록 급히 가야 했을까?

오늘 지하철에서는 어느 어린 여자가 애인에게 꼭 붙어
칭얼거리며 발을 쾅쾅 굴렸다. 무엇이 그토록 마음에 안

들었을까?

언젠가는, 어른의 채신은 내려놓고 아이처럼 발을 쾅쾅,
굴려보고 싶다.

지나가버린 생의 감각은
다시 돌아오지 않는다

가을만 되면 집으로 돌아가는 걸음이 느릿해졌다. 검은 밤과 노란 가로등 빛이 섞여 아른거리는 것만 보아도 그만 다리에 힘이 탁, 풀렸다. 일부러 마음을 스산하게 만드는 음악들만 찾아 들었다. 어디인가에 풀썩 주저앉고도 싶었으나 그러고 난 뒤에 일어날 자신이 없었다. 누구도 일으켜주러 오지 않는다는 것을 이제는 알기에.

많은 이들에게 그렇듯 내게도 가을은 무언가를 되새기게 만든다. 자꾸만 되새기고 토해내고 싶어진다. 이 바람이 좋다. 여름 속에 눅진해진 마음을 놓아본다.

올해 여름 나는 두 사람을 잃었다. 잃었다기보다는 간다기에 그저 놓아주었다. 붙잡고 싶지도, 그럴 힘도 남아 있지 않았다. 내가 생각보다 사람을 좋아하지 않는 사람임을 알았다. 그 누구보다 나 자신에게 아무 일도 없는 평온한 상태를 원했으며, 이따금 그런 때가 무료해지면 사람을 찾을 뿐이었다. 사람이 너무나 절실했던 때도 있었다. 은근한 따돌림에 시달리던 어린 시절을 지나 늘 말벗이 되어주던 부모님도 떠나 혼자 서울에 왔던 그때. 그때로부터 한 해쯤, 나는 스스로 안쓰러울 만큼 사람을 갈구했다. 그리고 이제는 내 사람들, 이라고 부를 수 있을 만한 사람들이 몇 생겨났고, 더 이상 서로를 따돌리던 코흘리개 어린아이들이 아님을 안다.

이제는 그 누구에게도 큰 애정이 가져지지 않는다. 좋으면 그 곁에 있는 것이고, 아니면 그만이다. 그것은 나를 대하는 상대에게도 마찬가지다. '우리 영영 헤어지지 말자,' 하고 손깍지 끼던 단짝친구 같은 것은 영영 먼 이야기가 되었다. 우리 모두가 무엇을 하든 않든 불안함에 내쫓긴다. 쫓기는 중에 깍지 긴 손이 실없이 놓아진다. 이렇게 조금씩 열없어지는 것이 자란다는 것일까.

지나가버린 생의 감각은 다시는 돌아오지 않는다. 대학

1학년 때, 무엇을 보아도 누구를 만나도 새롭고 경이로워서 나는 언제나 눈부신 표정을 하고 세상을 마주 보았다. 마치 십여 년 지하 감옥에 있다 나와 빛을 마주한 죄수마냥. 그런 시절은 짧게 지나갔다. 김연수가 소설 「스무 살」에 썼듯 스무 살의 하늘과 스무 살의 바람과 스무 살의 눈빛은 우리를 세월 속으로 밀어넣고 저희들끼리만 저만치 등 뒤에 남게 되는 것이다. 아무리 아쉬워해 보았자 이제 나는 스물셋의 가을을 지나게 되었으며, 이 가을처럼 사람들 속을 그저 스쳐 지날 것이다.

스무 살의 나에게 돌아가

스무 살의 나에게 돌아가 단 1분만이라도 이야기할 기회가 생긴다면, 말해주고 싶다. 스물여섯의 여름에 너는 알아가고 싶은 사람에게 당당하게 밥 한 끼 하자고 말하고, 좋아하는 영화제에서 돈을 벌고, 그 돈으로 좋아하는 작가의 낭독회에 가고, 그녀 나이에 더욱 단단할 너를 상상해보고, 천둥 치는 밤에 황급히 전화 걸 사람을 찾아 휴대폰을 뒤적이거나, 이불 속에서 흐느끼지 않게 된다고. 대신 류이치 사카모토의 음악을 틀어놓고 가만히 너 자신과 있어보는 네가 된다고. 그러니까 그만 울어도 된다고.

하지만 몇 년 전의 불안이 지금의 나를 만들었을 테니까, 울면서 멍하니 창밖을 보도록 내버려두어야겠지.

오롯한 혼자

여행은 사람

오늘처럼 추운 날엔 늦겨울, 여행객으로 걸었던 제주가
생각난다. 제주에 먼저 닿은 봄바람처럼 따스했던 사람
들. 내게 웃음을 건네던 제주의 사람들.

아무도 없는 버스정류장에서 멍하니 버스를 기다리던
내게, 어디서 왔느냐, 어디로 가느냐, 내 아들이 있는데
아가씨 결혼은 했느냐 물으시던 김영갑갤러리 앞집 할
머니.

첫차가 제시간에 오지 않아 동동거리고 있던 나에게, 추
우니 이리 들어와 앉아, 하시곤 7시 전에는 꼭 온다, 걱
정하지 마, 여기 앉아 기다리면 온다, 마음 놓게 해주시
던 대평리 할머니.

길을 물을 때미디 니긋히게 혹은 버럭버럭 그러나 어찌 됐든 자세히 일러주시던 제주의 버스 기사님들.

유채꽃밭을 바라만 보던 내게, 사진 한 장 남기라며 등 떠미시고 포즈 지도까지 하며 찍어주신 한 가족.

티벳 풍경 게스트하우스에서 만나, 제주 막걸리 한 사발 기울이며 꿈을 이야기하던 사람들.

오롯이 혼자 되고자 떠났지만 결국 이 사람들이 있었기에 평온하고 따스했다.

노약자석 할아버지들의
'바'킷리스트

"니 바킷리스트 뭔지 아나, 바킷리스트?"

"죽기 전에 뭐가 하고 싶다~ 그게 바킷리스트지."

"나는 한우에 송이버섯 한번 실컷 먹어보고 싶다."

"나는 방어회."

"나는 영화에 나오는 요트 타면서 바다낚시 한번 해보고 죽고 싶어."

지하철 노약자석 앞에 서 있다 우연히 들은 '바킷리스트'. 살아 있다면 언젠가는 한우에 송이버섯을, 방어회를, 실컷 먹을 수 있을 것이라는 희망, 요트에서 바다낚시를 할 수 있을 거라는 희망. 사람은 그런 것들로 살아가는 게 아닐까.

오롯한 혼자

외로운 생활소음

내가 사는 하숙집은 4층짜리 건물이다. 한 층에 여덟 명의 사람들이 얇은 벽을 사이에 두고 산다. 공동 복도를 지나 화장실을 가거나 더워 문을 열어두면 이런저런 소리들이 들려온다.

와삭와삭 얼음을 씹는 소리
통화하는 소리
혼자 예능 프로를 보며 웃는 소리
화장실 물 내려가는 소리
문이 닫히고 열리는 소리
냉장고를 뒤적이는 소리
가만히 세탁기가 혼자 덜컹이는 소리

하숙집의 소음은 대개 혼자 만들어내는 소리들이라서,

나 혼자 방 안에 웅크리고 앉아 그런 소리들을 하나하나 더듬다 보면 이 세상에 '혼자'들밖에는 없는 것만 같은 생각이 든다.

밖에서야 모르지만 자기만의 공간에서는 다들 이만큼의 소리를 낸다, 조용히 살아가고 있다.

아무 소리도 들리지 않는 적막보다 더 나를 적적하게 하는, 동시에 이상하게 위로되는 생활소음들.

오롯한 혼자

우리 열심히 피로할까요
─ J언니와의 대화

"우리는 왜 꼭 행복해야 할까? 왜 다들 행복해야 한다고 말할까. 행복은 일단 좋은 것이지만, 불행이 없으면 행복을 느낄 수가 없잖아. 행복에는 반드시 덜 행복했던 기억, 비교대상이 필요한 것 같아."

"그러니 우리는 불행 덕에 행복할 수 있죠. 실은 '불행하자.' '불행하세요.' 하고 인사해야 하는 건 아닐까요."

"스스로 삶을 놓는 사람들은, 욕심이 너무 큰데 그것을 채우지 못해서일까? 결국엔 아무런 욕심도 없어져서, 무욕의 상태가 되어 삶을 놓는 걸까?"

"우리에게는 '태어났으니 산다. 던져졌으니 그저 살지만, 그래도 내일은 또 조금 더 나를 웃게 하는 일이 있지 않을까. 이상한 일이 일어나지 않을까. 내일에 눈물이든 무엇이든 간에 느껴보시 못한 무엇이 나를 기다리고 있지 않을까.' 하는, 그런 희망에 대한 욕심이 있으니 사는 게 아닐까요. 죽지 않고 사는 게 아닐까요."

🍃

"우리는 참 언제나 생각이 많네요, 언니."
"왜 그럴까."

🍃

"그게 남들 보기에 어떻든 간에, 사람에겐 고민이 필요해요. 고민으로 얻은 나만의 철학이 필요해요. 고민하지 않고 흘러가는 삶이란 이미 내 것이 아니에요. 나를 포기한 것과 다름없어요. 어느 시인도 그랬대요. 사람들에게 삶이 갑자기 쉬워지고 가벼워지고 즐거워졌다면 그 것은 벌써 그들이 진지한 삶의 현실성과 독자성을 느낄 수 있는 힘이 끝났기 때문이라고. 그것은 삶의 모든 가능성으로부터의 결별이라고. 그러니 우리, 고민하며 피로하게 살아요. 이것이 내 생각이야. 이것이 내 고민이고, 나는 이래서 고민을 해. 이것이 내가 책임질 수 있는 나의 결정이야, 하고 이야기하며 살아요. 끊임없이 고민하는 삶. 더럽게 피로하지만, 우리 열심히 피로할까요.”

무엇이 가장 두려우세요?

"무엇이 가장 두려우세요?"
한 시간 남짓한 인터뷰가 끝나면, 나는 꼭 저렇게 물었다.
술을 많이 마시던 남편이 먼저 가고, 남은 두 딸을 혼자
키워냈다는 한 할머니는 "아프다가 깨끗하지 못하게 죽
는 것"이 두렵다고 했다. 자기 가는 길 치우다가 자식들
고생하는 게 싫다는 마음.

고속터미널에서 버스를 기다리며 소설을 읽던 한 여자
는 갑작스럽게 찾아왔던 아이와 이어진 결혼, 그리고 일
을 그만두게 한 육아의 무게를 담담히 말해줬다. 아이를
낳고 난 뒤 처음으로 혼자 여행을 다녀왔다고. 그녀는
"남편이 갑자기 죽는 것"이 가장 두렵다고 했다. 어둔 밤
에 운전하는 일을 가진 남편이, 갑자기 사라지는 상상
을 가끔 한다고 했다.

오롯한 혼자

사람들은 겉으로는 '두려움'을 이야기했지만, 진심으로 '사랑하는 것'에 대해 말하고 있었다. 사랑하는 것을 잃는 것이 두려움은 아닐까.

'휴먼스 오브 서울Humans of Seoul'이라는 스트릿 인터뷰 프로젝트 덕에 나는 '두려움'을 묻고 돌아다닐 수 있었다. 덕수궁이나 서울시청 앞, 청계천 같은 곳에서 불쑥 인터뷰를 청하면, 사람들은 당연하게도 거절하기 일쑤였다. 하지만 열 번에 한 번쯤 자신의 과거를 나눠주겠다는 사람을 만나면, 그 어떤 영화나 책에서도 들을 수 없었던 한 존재만의 자부심, 빛났던 순간, 회한, 부끄러움 같은 것들을 알아갈 수 있었다.

다시 만날 일이 없기에, 이해관계로 얽혀 있지 않은 완전한 남이기에, 사람들은 나에게 편히 속엣말을 건네주었다. 왜 마지막 질문이 "무엇이 가장 두려우세요?"였는가 하면, 나는 늘 사람들의 슬픔, 두려움 같은 부정적인 감정이 궁금해서다. 사람들이 무엇을 좋아하고 무엇에 기쁨을 느끼는지는 인스타그램만 훑어봐도 알 수 있을 것만 같았다. 하지만 삶에서 무엇이 가장 후회되는지, 무엇이 가장 두려운지는 가까운 사이에서도 쉽게 알기 어려운 이야기였다.

거리에서 수십 명을 만났지만, 두려운 게 없다는 사람은 없었다. '두려움'을 '사랑을 잃는 것'으로 다시 정의한다면, 그건 곧 삶을 지탱해나가는 사람이라면 사랑하는 것을 꼭 하나씩은 품고 있다는 이야기였다. 자세히 들여다볼 순 없어도 비슷하게 모진 하루를 보냈을 당신이, 완전한 타인인 당신도 나처럼 '사랑' 하나로 산다는 이야기는 내겐 그 어떤 동화보다 아름다운 동화이자 위로였다.

화분 안 키우는 사람

요즘 주중엔 매일 밤 12시 퇴근이다. 영화제 개막 직전이라 일이 몰려 마음이 사막이 되어간다. 그래서 주말에 흰 히아신스 꽃 화분 하나를 들였다. 식물을 산 건 거의 3년 만. 햇빛도 받게 하고 물도 때에 맞춰서 줬지만, 꽃대롱 위쪽이 벌써 시들시들해지고 있다.

나는 화분을 잘 안 키운다. 늘 쉽게 죽어버리니까. 내가 키우지 않았더라면 더 오래 살 수 있었을 식물을 생각하면 마음이 좋지 않다. 엄마는 죽어가는 식물도 살려내는 소위 '그린핑거'인데, 이상하게 손대는 식물들은 모조리 죽어나가니 나는 '블랙핑거'라고나 할까.

화분이나 반려동물을 키우는 일 말고도 내겐 두려운 것이 많다. 불 다 끄고 자는 것도 어렵고, 싫은 사람 웃으며 대할 때 거짓 얼굴이 들킬까 두렵고, 두어 달 뒤의 미래를 계획해보는 것도, 새로운 사람을 마음에 들이는 것도 요즘엔 두렵다. 하지만 무엇보다 두려운 건, '두려운 게 없는 사람'으로 나이 드는 것. 다른 사람을 걱정해서 그 사람이 다칠까 두렵고, 사랑을 느끼지 못하는 '마음의 사막화'가 두렵다. 두려움 때문에 아직 해보지 못한 많은 일들이 있어 설레는, 그런 할머니가 되고 싶다.

어린이날의 네 가지 단상

하나.

가끔 가서 그저 둘러보기만 해도 마음이 편해지는, 어느 절에 들렀다. 대웅전 안에 남자라고는 스님 둘, 공양미를 나르는 짐꾼 하나뿐이었다. 세상의 어미라는 어미는 다 무릎을 굽히고 앉았다. 아마도 가정과 자식들의 안녕을 바랐을 것이다. 한구석에서 나도 합장을 하고 불경 소리를 훔쳐 들었다.

사람으로 태어나 지은 죄 다 사하시고
이간질로 지은 죄 다 사하시고
질투로 지은 죄 다 사하시고······.

사실 부처 같은 것은 애초부터 없었는지도 모른다. 부처라는 존재가 없던 시절부터 사람들은 이간질을 하였을 것이고, 질투를 하였을 것이고, 그 걱정에 잠 못 이룰 것을 알면서도 자식을 낳았을 것이다.

인간에게는 죄를 사해줄 누군가가 필요했을 것이다. 염원하면 이루어주리라 믿을 강력한 힘이 필요했을 것이다. 그렇게 부처는 태어났을 것이다. 인간의 나약함 속에서. 태초에 신이 아니라, 인간이 있었다고, 나는 생각했다. 소원 성취라고 쓰인 염주를 하나 사서 나오면서도.

둘.

안국과 광화문 근처 거리 곳곳에 경찰들이 많았다. 노란 리본을 단 시민을 검문했다던 흉흉한 소문이 생각난 나는 자그마한 노란 리본 하나를 가방에 달고 걸으면서도 자꾸만 그것이 무거워 가방을 고쳐 메었다. 추모하는 마음을 눈치 보아야 하는 시대, 고것 하나도 무거워하는 작은 마음이 쓰라렸다.

셋.

'어린 시절의 저 작은 추억들이 평생을 살게 하겠지.'
광화문 근처에서 풍선을 불어주는 키다리 아저씨를 보

왔다. 그 앞에는 길게 선 가족들의 줄. 오른손은 아빠 손 왼손은 엄마 손 꼭 붙잡고 풍선이 제 모양을 갖추는 것을 기다리는 시간. 솜사탕이 입안에서 녹아 사라지는 시간. 꼭 그만큼의 시간들이 결국은 우리 안에 남아 이 생을 살아내게 한다.

저 아이들은 아직 모르기를.

넷.

시가 고픈 날이었기에 집에 돌아와서는 아무 시집이나 집어 들고 공원에 갔다. 걷는 길에 바람이 좋아 열 손가락을 활짝 펼치고 그 사이로 흘러가는 바람을 느껴보려 했다. '봄바람이 좋을 때에는 손가락을 활짝 펼치고 그 사이로 지나는 바람을 느끼거라. 살아 있음을 느끼는 일은 별것이 아니란다.' 하고 말해주어야지. 내 아이가 태어나 조금 자라면, 하고 생각했다.

나는 고작 잠깐 걷는 그 길에서 많이 외로웠던 사람일수록 더 좋은 아버지, 어머니가 될 수 있는 게 아닐까, 생각하게 됐다.

고개를 외로 꼬고 홀로 하늘을 보던 어린 날의 내 아비는 이런저런 말들을 내가 세상에 나기 한참 전부터 차곡차곡 쌓아두었을 것이다. 그 말들을 내어 나를 키울 따스한 집을 짓고 옷을 지었을 것이다.

오롯한 혼자

내 집과 고향집 사이

고향 집에 내려왔다가 기차를 타고 다시 서울로 가는 길에 쓴다. 이제는 훌쩍 커버린 조카와 빠이 빠이를 하고, 다시 씩씩하게 양손 가득 채워서 떠나오는 길.

언니네가 지내는 양산의 물금은 번화가에서 먼 곳인데, 신호등마다 유모차를 끌고 나온 엄마들이 네다섯씩 서 있었다. 이런 게 행복은 아닐까? 조카를 태운 유모차를 끌고서, 또 둘째를 가슴에 안은 언니와 고운 꽃나무가 가득한 길을 걸으면서 생각했다.

마음 놓고 아이를 기를 수 있는 삶, 같은 값에 서울에서는 꿈도 못 꿀 넓은 아파트를 가질 수 있는 삶. 엄마가 보고 싶어지면 버스 타고 30분이면 갈 수 있는 삶. 내가 바라는 삶은 이런 건 아니라고 생각했지만, 정말 아니었

나. 치열하게 공부해서 간 서울에서 다시 치열하게 살고 야 마는 나는, 결혼은 생각도 못 해본 나는 이대로 괜찮은 걸까. 행복은 사랑하는 사람과 좋은 순간을 가능한 한 많이 누리는 것은 아닐까?

나는 왜 사랑하는 사람들을 두고 서울로 왔을까? 왜 서울에서의 삶이, 끝없이 분주하게 일하는 여자가 더 멋진 것이라고 생각했을까?

마침 기차가 어둔 터널을 지나갔다. 순간 빛이 객차 안을 가득 메웠다가 썰물처럼 하얗게 빠져나갔다. 텅 빈 옆자리에 어둠이 들어찼다. 내 곁엔 아무도 없다는 사실만이 환했다.

그 말은, 삼켰어야지

한 해 전 겨울, 북악산을 내려오며 선배에게 물은 일이 있다. "선배, 봄 여름 가을 겨울 봐온 나는 어떤 사람이에요? 내가 고쳤으면, 그래서 더 좋은 후배가 되었으면 하는 건 뭐예요?" 선배는 가만히 있다가 정 없이 웃으며 말했다. "그런 건 모르는 게 나아. 그냥 너는 너로 살면 되는 거지." 그때 나의 단점들을 말해주지 않으려는 선배가 꽤나 야속했었는데, 이제는 안다. 솔직함은 애정의 증거가 아니며, 세상에는 상처만 남기는 종류의 말이 있음을.

무엇도 돌려놓지, 변하게 하지 못한 채로 뱉은 사람과 맞은 사람에게 질척거림만 남기는.

삼켰어야만 했던 말들.

그 여름이, 이 여름을

그 여름이, 이 여름을 만들었는지도 모르겠다.

중학교 2학년 여름 체육대회였다. 릴레이 계주 중에 우리 반 A가 학교에서 제일 싸움을 잘한다고 소문난 B를 밀치고서 1등을 했다. B와 그 무리들은 계주가 끝난 뒤 무서운 얼굴로 우리 반 벤치에 와서 1등한 친구를 찾았다. 근처에 선생님은 없었다. 단체줄넘기가 시작되니 모두 앞으로 나오라는 방송이 거듭 나오고 있었다. 반장이었던 나는 아이들을 다 데리고 내려가야 했다. B는 A가 화장실에 갔다는 누군가의 말을 따라 사라졌다. 예감이 좋지 않았다. 그러나 용기가 없었다. 쫓아가볼까? 에이, 설마 무슨 일이 있겠어? 지금이라도 선생님을 불러야 하나? 불안한 마음을 안고서 정신없이 줄 위를 뛰었다.

단체줄넘기가 끝나고 돌아오자마자 소식이 들려왔다. 달리기를 1등 한 A는 화장실에서 B에게 맞았고, 우연히 선생님이 발견해 바로 병원으로 실려 갔다고. A는 머리를 크게 다쳤다. B는 전학 보내졌다. 나는 선생님들에게 불려가 혼이 났다. 소식을 들은 내 어머니는 나를 혼내진 않았다. 다친 아이의 어머니가 학교에 온 날, 나를 흘겨봤던 것도 같다. 그렇게 그 여름이 졌다.

나는 그날, 모르는 척하는 인생이 얼마나 비참한지를 처음으로 알았다. 그해 여름, 나는 그때 그 시간으로 몇 번이고 돌아갔다 와야만 했다. 다시 돌아가, 선생님을 불렀더라면. 다시 돌아가, 화장실에 같이 끌려가기라도 해주었더라면 조금이라도 달라지지 않았을까.

아마도 그 여름이 내 안에 남아, 촛불을 들고 진상규명 서명을 받고, 아버님 곁에서 함께 굶었던 이 여름을 만들었는지도 모른다. 내게 이 세상을 바꿔버리겠다, 는 대찬 포부 같은 건 터럭만큼도 없다. 다만 다시는 모른 척하고 싶지 않다.

젊음은
잘 이겨낼 수 있어요

교내 보건소에 가보긴 처음이었다. 연두색 머플러를 목
에 친친 감고서 옅은 햇살이 들이치는 창가 옆 접수대
로 향했다.

"어떻게 오셨어요?"
"감기 기운이 좀 있어서요."
"저기로 들어가세요."

문지방이 없는 진료실에 들어갔다. 자그마한 덩치의 할
머니 의사가 맞아주었다. 나는 의사의 고운 백발이며 나
비 모양 자개가 놓인 안경테 따위를 유심히 보았다. 며
칠 전부터 머리가 지끈거렸으나 자연히 낫겠지 하고 놔
둔 지가 벌써 일주일이나 되었고, 어젯밤에는 기침이 심
해 잠들기가 몹시 괴로웠다고 말했다. 할머니 의사는, 아

니 의사인 할머니는 아주 느릿하고 또 느릿하게 청진기를 손에 쥐고서는, 내 윗옷 자락을 들추고 등에 청진기를 가져다 대었다.

"자, 이렇게, 이렇게, 숨을 크으게 쉬고, 다시 크으게 뱉어보세요. 스─읍. 푸─우."
"습─ 후─."
"아니요. 아니. 기침이 얼마나 심한지 내가 폐 소리를 들어봐야 하니까, 그렇게 작게 말고. 스─읍. 푸─우."

오랜만에 찾은 진료실의 분위기가 낯설다. 곱게 나이 든 할머니가 청진기를 등에 대고 아이에게 하듯 내 숨소리를 몰두해 듣고 있으니 어쩐지 겸연쩍다. 게다가 청진기의 차가운 감촉이 간지러운 탓에 큭큭, 웃음이 나려는 걸 꾹 참았다.

"살짝 가릉, 가릉 하는 소리가 들리는데, 아직은 심하진 않네요. 이틀 치 약을 처방해 줄 테니, 먹고 나서도 안 나으면 다시 와야 해요."

"네."

"물을 많이 마시고, 맛있는 것도 먹고, 푹 자야 해요. 그러면 금방 나을 거예요. 젊은이니까. 젊음은 잘 이겨낼 수 있어요."

의료 공제가 된 약값 600원을 치렀다. 이틀 치 알약과 물약을 처방받아 손에 쥐고 햇살로 나왔다. '이겨낼 수 있어요.' 하던 그녀의 말이 귓가를 맴도는 것을 느끼며.

사랑하는 효창공원

고향으로부터 떨어져 나와 내가 이 낯선 곳에서 가장
먼저 정을 붙인 공간은 학교 바로 옆에 있는 효창공원
이다. 야트막한 언덕과 잘 닦아놓은 돌길이 있는, 자그
마한 공원. 기숙사에서 가만히 웅크리고 있다가 바람을
쐬고 싶을 때면 이어폰을 꽂고 효창을 거닐었다. 효창공
원은 초여름날 두세 시 무렵에 가장 아름답다. 내리쬐는
빛을 배불리 먹으며 걷는다. 구름 위를 걷는 듯하다고
친구들이 말하는 내 특유의 느릿한, 살짝의 튕김이 있
는 걸음으로 한 시간여 효창을 돌아보고 나면, 언제나
적당히 뿌듯하고 충분히 상쾌했다.

효창공원에는 주로 근처 유치원의 고물고물한 아가야
들, 마실 나온 노인들, 노래를 크게 틀어놓고 에어로빅
류의 춤사위를 펼치는 알록달록한 등산복의 아주머니

들이 있다. 볕이 아마도 세 번째로 잘 들, 적당한 벤치에 앉아 사람들의 움직임을 구경하곤 했다. 심심해지면 봄 카테고리에 머물러 있던 노래 목록을 다른 계절로 옮기거나, 눈을 가만히 감고 태양에 붉게 물든 눈앞을 느끼곤 했다. 프랑스어로 북극곰이란 이름을 가진 공원 근처 아담한 빵가게에 들러, 보기만 해도 건강해지는 듯한 곡물 빵을 사서 참새와 나누어 먹기도 했다.

점심을 먹고 다음 수업 시간까지 무얼 하면 좋을지 모를 때, 아니 사실은 잘 알지만 과제를 하고 싶지 않은 날이면 나는 친구들을 데리고 효창으로 나섰다. 레몬꿀차라든지 민트티를 사들고 몇백 번이고 맴돌았던 자리를 거닐며 이 공간에서만 가능할 무해한 대화들을 나누었다. 그 내용들은 지금 새벽 5시의 꿈처럼 희미하지만, 그때 우리가 함께 맞았던 햇빛이나 촉촉한 봄비 내음, 후텁지근한 여름 공기와 자주 출몰하곤 했던 청설모는 여전히 생생하다.

나는 겨울을 좋아하지 않는데, 이번 겨울을 크루아상

한 겹 정도만큼 더 미워하게 된 이유는 효창공원을 그 이전의 계절 때만큼 가지 못하게 되었기 때문이다. 겨울의 나무들은 앙상하여 을씨년스럽고 웅덩이는 얼어 있으며, 사람의 흔적도 드물다. 달이 가시처럼 여위었던 어느 날 혼자 공원에 갔었는데, 너무나 외로워서 차라리 귀신이라도 나왔으면 좋겠다 하고 생각했다가 그래도 귀신은 무서우니 취소, 했던 어떤 겨울밤이 생각난다.

'소요逍遙'라는 단어가 있다. '자유롭게 이리저리 슬슬 거닐며 돌아다님'이란 뜻인데, 어릴 적에 조선시대 사람들을 다룬 어느 책에서 읽고 단박에 마음에 들었다. 소요, 하고 조용히 발음해보면 차분하고 어쩐지 귀여운 데가 있다. 방 안에 누워서 혹은 어느 카페에서보다는 소요하며 하는 생각과, 소요하며 하는 이야기들이 더 좋다. 어서 봄님이 와주었으면. 따스한 해를 받으며, 연둣빛 풀들을 보며 거니는 작은 기쁨이 필요한 요즘이다.

보고 싶다, 사랑한다
말을 해야지

아름다운 봄이 눈앞에 가득한데도 혼자 지내는 방에 들어와 하루를 돌아보면 까닭 모르게 슬퍼왔다. 모르는 게 아니라 모르고 싶었다. 엄마 없이, 아빠 없이도 씩씩하게 잘 지내야만 하는 게 하루하루의 숙제가 되어서 버거웠던 것을, 모른 체하고 싶었다. 이제는 당신들 없이도, 영원히 온전히 혼자는 되지 못하겠으나 혼자서도, 나 혼자를 잘 다독이고 일으켜 세워서 걸어나가는 것을 보여주고 싶었다.

나를 혼자 서울로 보낸 뒤로 엄마는 새벽부터 밤까지 원래 하던 우리 의상실 일과 토마토 농장 일용직 일을 계속 같이 해왔다. 학비와 생활비가 아무리 버겁다지만 우리 집이 그래야 할 만큼 어려웠나, 싶었었다. 엄마는 한 푼이라도 더 모아놓으면 좋은 게 아니겠냐며 일을 다녔다. 숨 쉬는 땅을 밟고 해를 받으며 일을 하니 살 것 같다고 했다. 밭을 훨훨 날아다닌다고도 했다. 일이 바빠서 내 걱정은 하지도 않는다고, 잘 지내는 거 다 안다고 했다. 가끔 부산에 내려가면 덤덤히 나를 맞고, 무던히 음식을 내오고 방을 쓸고 옷을 개어서 나를 덤덤히 보냈다. 역시 엄마란 강인한 존재구나, 했다. 그동안 사랑을 주었고 받았으니 이제는 이만하면 되었다 했다. 그런 엄마가 쓰러졌다고 했다. 가지 앙상해질 때의 일을 꽃망울 살찌는 지금에야 들었다.

엄마 몸이 조금 안 좋다고, 아빠가 전화로 했던 말을 대수롭지 않게 흘려들었던 기억은 있다. 엄마는 이제 봄이 오니 엄마도 살아, 피어나는 것 같다며, 이제는 괜찮으니까 너에게 말해준다고 했다. 그동안 원인 모를 어지러움증과 신경쇠약증으로 힘들었다는 엄마. 비가 오는 일요일 밤이면 아빠가 끊었던 술을 마시고 엄마가 누운 이불로 기어들어 와 울었단다. 엄마의 이름을 부르며 민리야, 나 두고 가지 마라, 상희 두고 가지 마라, 아직 우리는 너 없으면 안 된다고 엉엉 울더라 했다.

결국은 과로 때문이었다고 했다. 그 과로는 나를 떼어놓고 허전함을 견딜 수 없어 일을 했기 때문이었다고. 심리상담을 공부한 이모에게 혼이 났다며 엄마는 웃었다. 어쩌면 그렇게 미련하게 참았느냐고, 딸이 보고 싶으면 우리 엄마 가셨을 때처럼 꺼이꺼이 울어도 보고 얼굴 보러도 가고 멍하니 생각하다가 밥을 태워 먹기도 하고 그랬어야지, 그걸 미친 듯이 일을 하며 억눌렀으니 어찌 병이 안 났겠느냐고.

눈물이 번져 휴대폰을 잡은 손이 자꾸만 미끄러졌다. 엄마가 나를 보고 싶어 하면, 엄마가 못 견뎌 하면 내가 서울 땅에서 적응하지 못할까 봐서, 자꾸만 집에 내려올까 봐서, 저 땅에 발붙이고 정붙이고 살아야 하니 부러 아무렇지 않은 척한 거였다고. 엄마 마음이 그랬는 줄 엄마도 한 해가 지난 지금에야 알았다고. 멀쩡히 웃으면서 일을 다녔는데 몸이 바스러져라 일을 했는데, 그게 실은 서도 누워도 니 생각뿐이니 서서는 일만 생각하고 머리 붙이면 바로 자려 그랬던 거였다고. 이 엄마가 참 미련도 하다고. 엄마가 되어서 딸이 보고 싶다 울면 안

되는 줄 알았다고. 목청이 떨려 응, 응, 소리도 못 내고
꼼짝없이 듣고 있는 나에게 엄마가 말했다.

"보고 싶으면 보고 싶다, 사랑하면 사랑한다 드러내고
살아야 한다."

엄마의 아빠 쟁취기

동기 H가 오랜만에 집에 왔다. 피자를 먹으며 이런저런 이야기를 나눴다. 마침 엄마한테 카톡이 와서 서로의 부모님 이야기를 하게 됐다.

엄마는 아버지와 연애하려고 2년을 따라다녔다고 한다. 젊은 시절 꽃처럼 고운 아버지를 쟁취(?)하기 위해 엄마 마음고생이 많았단다. 첫 데이트 날 아버지는 엄마를 만나기 위해 빵집으로 가다가 그만 꾐이 좋은 친구를 우연히 만나고야 만다. 마침 아리따운 낯선 여인들과 데이트를 하고 있던 친구는 아버지를 꼬셨고, 젊고 철없던 아버지는 그들과 차를 타고 바다로 드라이브를 가버렸단다. 연락 수단이 없던 당시, 엄마는 그냥 빵집이 문을 닫을 때까지 오도카니 기다렸다고.

다음 날, 엄마는 그저 무사한 아버지를 보고 안심할 뿐 오래 기다렸단 말은 안 했단다. 하지만 엄마의 속내를 들은 직장 동료가 아버지께 귀띔을 했고, 아빠는 그때야 엄마가 그토록 오래 기다릴 만큼 자신을 좋아한다는 걸 알고 마음을 열었다고.

하지만 결혼하고 나서도 우여곡절은 많았다. 아버지는 바람 한 번 안 피우고 도박도 안 하는 건실한 남편이었지만, 엄마 마음대로 뭔가를 못 하게 속박했고 어딘지 모르게 엄마를 외롭게 하는 구석이 있었던 모양이다. 엄마는 때때로 옥상에서 혼자 조용히 나뭇가지 같은 걸 모아 태우시고, 그 불빛이 사그라들 때까지 바라보곤 했다. 그 뒷모습을 보고 있으면 마음이 아팠다.

그랬던 아버지가, 이젠 나도 언니도 집을 떠났고 엄마의 가치를 알게 되는 여러 일들을 겪으면서 완전히 엄마 편이 되었다고 한다. 이렇게 30년이 넘는 짝사랑은 엄마의 승리로 끝났다!

이야기를 다 들은 H는 엄마더러 '대모님'이라며, 우리도 어서 빨리 꽃 같은 남자를 쟁취해내자며 웃었다. H를 걸어서 데려다주는 밤공기엔, 이미 봄이 묻어 있었다. 우리는 최근 읽은 『숨결이 바람 될 때』에 대해 이야기 나누며, 각자 3개월, 1년, 10년의 삶이 남은 경우 어떻게 살 것인지 떠올렸다. 1년까지는 비슷했다. 가족과 사랑하는 이들과 보낼 것, 여행을 떠날 것, 맛있는 걸 잔뜩 먹을 것, 화려하게 염색을 해보자 우리… 등등. 10년부터는 조금 달랐는데, H는 취직은 잘 모르겠다고 했고 연애를 실컷 하다가 가겠다고, 나는 10년은 기니까 가장 가고 싶은 곳에 취직한 뒤 마음에 드는 남자들에게 고백을 시원하게 잘 하고 다니다가 결국 결혼을 하고 아이도 키워보고 싶다고 했다.

10년은 아직 우리에겐 너무 먼 이야기야, 하며 우리는 헤어졌다.

새해엔 질문은
정중히 사양합니다

새해에 덩달아 따라오는 질문들은 달갑지 않다. "새해엔 연애해야지?" "새해에는 제대로 취직해야지, 프리랜서가 좋니?" "너는 살만 좀더 빼면……" 등등. 사랑을 찾아 나선 〈녹색광선〉(1986)의 주인공 '델핀'을 내내 따라다니는 것도 이런 질문들이다. 누벨바그의 거장 에릭 로메르 감독의 〈녹색광선〉을 보며 사람들은 아름다운 여름의 분위기와 색감, 운명적 사랑을 이야기한다. 그러나 새해를 맞아 수많은 무례한 질문들과 싸워내야 할 나에게, 이 영화는 더 이상 '설명노동'하지 말자는 응원이다.

한여름의 프랑스. 기나긴 여름휴가 기간이지만 델핀은 연인과 소원해져 함께 여행을 가지 못하고, 친구들과의 여행 약속마저 취소된다. 갈 곳 잃은 델핀은 친구 가족들의 휴양지를 전전한다. 델핀이 처음 만나는 사람들은 대부분 외향적이고, 고기를 먹으며, 북적이는 여행을 즐긴다. 그 속에서 그들과 다른 델핀은 자연스레 신기하고 걱정스러운 존재가 된다. 사람들은 '혼자는 외롭지만 지나친 북적임은 싫고, 연애를 하고는 있지만 남자친구와 소원하며, 채식을 즐기는' 델핀에게 그 이유를 묻는다.

> 단체 여행을 통해 남자를 만나는 건 어때요?
> 왜 채식을 하세요? 영양실조의 걱정은 없을까요?
> 남자친구 있어요? 왜 그와 함께 오지 않았어요?
> 산책만으로도 충분하다고요? 다른 걸 좀더 하지 그래요?

구구절절 자신에 대한 설명을 마친 뒤 델핀은 자주 소외감에 휩싸인다. 질문을 받지 않았더라면 델핀 자신으로 잘 지냈을 텐데, 질문을 받음으로써 '유별난, 이상한 사람'이 되어버린 기분. 정성껏 답변을 해주고 혼자 떠난 산책길에서 그녀는 무너져내려 울기도 한다. 사람들이 델핀을 대하는 태도에 그녀가 더 행복했으면 하는 좋은 의도가 깃들어 있지 않은 것은 아니다. 그러나 그에 대해 일일이 답하며 사생활을 드러내야 하는 불편함과, 구체적으로 설명해야 하는 수고로움은 온전히 답변자의 몫이다. 델핀을 둘러싼 사람들이 질문을 할 때에 그녀가 진심으로 자신들의 걱정이나 배려를 원하고 있는지를 생각해본 적 있을까? 그들의 질문 앞에서 '적극적으로 연애 생활을 하지 않음', '고기를 먹지 않음', '함께 어울리는 것을 좋아하지 않음' 등 한 개인의 특성은 그저 '걱정거리'가 되었다. 하지만 만약 델핀이 거꾸로 다음과 같은 질문들을 던졌다면 그들은 질문을 '무례함'으로 받아들이지 않았을까?

왜 고기를 드세요?

왜 연애를 하고 계세요?

왜 조용히 혼자 있는 시간을 누리지 않으세요?

〈녹색광선〉은 일종의 소수자성을 지닌 델핀과 달리 그를 둘러싼 다수에겐 질문에 답변하지 않아도 되는 침묵이란 권리가 자동으로 주어진 모습을 그려낸다. 이로써 영화는 집단 안에서 조금 다른 사람은 언제나 질문에 놓이고, 설명노동에 힘써야 하는 현실을 보여준다.

> 델핀 : 전 요트를 타면 멀미를 해요. 조용하게 산책하는 게
> 더 좋아요.
> A : 당신을 만난 지 얼마 안 되었는데 부정적인 면이 보이네요.
> 델핀 : 난 까다로운 게 아니에요. 남들에게 까다롭게 굴지
> 않아요. 시장도 보고 산책도 하고 모두 잘해요.
> A : 고기는 안 먹고요?
> 델핀 : 비난하지 말아요.

내게는 다름을 애써 설명하지 않을 자유, 불편한 개인
의 사정을 숨길 자유가 있다. 이 자유는 타인의 마음에
'상처를 입힐지도 모를 질문'을 던질 자유보다 우선시되
어야 한다. 나는 〈녹색광선〉의 아름다운 풍경이나 로맨
스를 즐김과 동시에 델핀에게서 용기를 얻었다. 온정의
탈을 쓴 간섭들에 내가 지지 않았으면 좋겠다. 더 이상
은 그만 설명해야지. 델핀처럼 "비난하지 말아요."라고
당당히 말하고, 무례한 질문들에 "나는 다를 뿐이에요."
라는 한마디로 답해야지.

마음 애린 상경

설을 쇠고 다시 서울에 왔다. 오늘 헤어지는 길에는 창 밖으로 손 흔드는 엄마를 보고 어찌나 눈물이 나던지. 상경한 지난 몇 년간 이 정도로 떠나기 싫은 적은 없었는데, 일터에서 마음이 힘든 부분이 있기도 하고, 이제 나날이 늙어가는 엄마 아빠도, 낡아가는 집도 마음을 아프게 했다.

내 돈 벌어 먹고사는 일의 어려움을 이제는 충분히 알게 되어서일까. 손님이 없다며 땅을 보는 아빠의 근심도, 매번 욕을 하며 지나가는 승객이 있어 "우리 지하철 청소일 한다고 하대하는 거 아니요, 다시는 그런 욕지거리 하지 마소!" 쏘아붙였더니 이제는 그 승객이 고개를 숙이고 지나가더라는 엄마의 당당함도 이번 설에는 더 아리게 박혀왔다.

작년만 해도 그건 엄마 아빠의 삶이고, 나는 둘의 딸이 아닌 나로서 서울에서 내 삶을 꾸려낼 거야, 했지만 이제는 내려가서 살아버릴까 싶다.

나를 여기 붙잡아둘 것들이 하나씩 사라져가는 걸까. 서울 집에서의 적막이 오늘따라 견디기 힘들다.

오롯한 혼자

part 2

습관성
짝사랑

아직 오지 않은 당신에게

그는 지금쯤 무얼 할까. 저녁은 누구와 어떤 이야기를 하며 먹었을까. 배를 채우려 먹는 사람일까 즐겁게 맛을 느끼는 사람일까. 아직 학생이라 공부를 하고 있을지도 모르겠어. 즐겁게 하고 있을까 억지로 하고 있을까. 그는 대학을 나오지 않았을지도 모르지. 아르바이트 중이라면 식당? 과외? 가족의 일을 돕고 있는지도. 직장인이라면 양복을 입어야만 할까 편하게 입고 다녀도 되는 곳일까.

그는 지금, 슬퍼하고 있을까. 기뻐하고 있을까. 부모님은 다 살아 계실까. 사랑받고 자랐을까. 조용한 아이였을까. 생각이 많아 하늘을 잘 보는 아이였을까. 먼저 죽는 게 싫어 애완동물을 키우지 않는 아이였을까. 1층에 살면서도 지렁이가 놀랄까 봐 쾅쾅 뛰지 못하는 아이였을까.

머리카락이며 눈동자는 무슨 색일까. 지금 나처럼 나의 존재를 생각해본 적 있을까.

나, 울고 싶은 날이면 아직 보이지 않는 당신에 대해 한 줄씩 써 모았어. 그 품에 안겨도 보고 당신의 향내가 내 온몸에 차오르도록 숨을 들이쉴 거야. 당신이 웅크리고 누워 있을 때 그 뒤에 가서 누울래. 내 가슴을, 배를, 다리를 당신 모양 그대로 꼭 맞춰 누우면 서로의 심장 소리가 들릴 거야.

한산한 카페에서 각자 공부를 하거나 책을 읽으며 모르는 건 묻기도 하자. 당신도 나처럼 가진 게 없어도 괜찮아. 하염없이 빛 아래를 걷자. 영화를 보고 숨 막히게 이야기를 나누고 좋아하는 음악을 듣고 미술관에 가고 연극도 보고. 당신이 숲을 좋아하는 사람이면 좋겠어. 첫눈이 아직 녹지 않은 아차산에 가보고 싶어.

뭐든 좋아하는 게 있어서 열심히 하는 사람이면 좋겠어. 그것에 빠져 있을 때는 나도 당신 머릿속에서 사라져버리는, 그런 사람이면. 배관공이라도 좋고 자전거를 고치는 사람이든 접착제를 파는 사람이든, 도서관 사서이든 상관없어. 시민단체나 봉사기관에서 일해도 좋고 은행원이든 요리사이든, 라디오 작가라도 좋아. 당신이 그 일을 좋아하는 사람이라면.

봄이 오면 춘천에 가자. 그리고 경주도. 경주 풀섶에 누워 별을 보면서 당신이 이제는 흉터가 된 이야기들을 해준다면 좋겠어. 아직 딱지 앉지 못한 마음자리에 내가 가 닿아서, 당신이 나와 흩어진 뒤에도 잘 살아나갈 힘이 된다면 좋겠어. 실은 많이 아파본 사람이라면 좋겠어.

그 언제 헤어지더라도 좋아. 내 모든 것이 당신에게 물들어버려서 당신이 떠난 뒤에 흐려져버린 내가 다시 그 색을 회복할 수 없게 된다 해도. 심장 소리를, 숨소리를 듣고 싶어. 감긴 속눈썹을 건드려보고 싶어. 머리를 쓰다듬고 싶어. 울 때 말없이 안아주고 싶어. 내 다리를 베고 누운 당신과 풀잎이 바람에 바스락거리는 소리를 듣고 싶어.

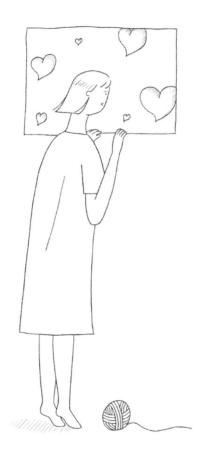

습관성 짝사랑

조용한 고궁 안을 걷다가 인적 드문 곳에서 살짝 스치
듯 입맞춤했으면 좋겠어.

어디쯤 왔을까.
마음이 남아 넘치는데 쓰고 싶은 곳이 없어.

당신이 어서 와서 나를 낭비해줬으면.

겨울 소원

부쩍 추워진 아침.
일어났을 때 눈을 마주치고
잘 잤냐고 말해주는 사람이 있었으면 좋겠다.

일어나면 껴안고 가만 가만히 있다가
밥을 같이 해 먹고 싶다.

각자의 일을 보러 밖으로 나갔다가
찬 기운을 잔뜩 묻혀 돌아오면
서로의 등을 툭툭 쓸어 다시 덥혀주고

혼자이고 싶은 날엔
꿈속에서 만나, 눈 맞춤 하고서
등 돌리고 잠들어도 좋지만

습관성 짝사랑

마음이 추운 날엔
폭 껴안고 잠들었으면.

그리고 다시, 같은 눈을 보며 아침을 맞고 싶다.
그렇게 나날들이 이어졌으면.

어제에서 오늘로, 오늘에서 내일로.
당신에서 당신으로, 당신에서 당신으로.

'을'의 사랑

지금은 누군가를 마음에 담고 있지 않지만, 숱한 짝사랑의 시간들을 지나왔다. 매번 누군가를 마음에 담았던 순간들은 달콤한 만큼이나 괴로웠다. 몇 번의 짝사랑을 해오면서 그이와 내가 동등하다든지 내가 더 좋은 사람이라는 생각은 해보지 못했다. 배울 수 있는, 그리고 기댈 수 있을 사람이라 여겨 좋아했다.

아니, 경외했다. 그러니 나는 언제나 '을'이었다. 그이 앞에선 기가 죽었다. 나라는 사람을 있는 그대로 펼쳐 보일 수가 없었다. 편하게 웃고 떠들고 농담할 수 없었다. 눈빛만 봐도 얼어붙었고 입을 열기 위해선 수없이 계산해야만 했다. 짝사랑을 하면 누구라도 작아질 수밖에 없는 것일까, 내 자존감이 낮았던 탓일까. 다른 사람들도 홀로 마음에 담은 이의 뒷모습을 우두커니 바라볼

때 자신이 자그맣게 느껴지는지.

제대로 아는 것이라곤 이름 석 자 정도밖엔 없었던 사람을 좋아한 기억도 있다. 몇 번의 만남과 몇 번의 공적인 대화, 그리고 단 몇 분의 사적인 대화로도 나는 한 존재에게 푹 빠질 수 있는 사람이었다. 그때의 나는 참 대단했다. 가여웠고. 그이를 그 모습 그대로 떠올려보고도 아쉬워 나와 그 사람을 주인공 삼아 온갖 영화를 머릿속에서 찍어보다가 늦게 잠들곤 했다. 약속시간에 늦고, 밸런타인데이에 초콜릿을 건넬까 말까 고민하다 목욕탕에서 한쪽 다리의 때를 밀지 않고 나온 기억도 있다. 자주 멍했다. 무언가에 집중하고 있다가도 문득 그 사람이 좋아한다던 음악이 귀를 스칠 때면 다시 넋을 놓았다.

가족을 그토록 소중히 여긴다던 그 사람의 아내가 되는 상상도 해보았다. 여리고 작은 것들을 품을 줄 아는 마음씨를 가진, 그를 닮은 아이를 상상하기도 했다. 그는 조금은 엄하게 아이에게 무언가를 이르고, 나는 함께 골라온 재료들로 따스한 밥을 짓는. 뛰놀던 아이가 새근 새근 잠든 머리맡에서 따듯한 찌개를 나누어 먹으며 소 담소담 이야기 나누는 우리의 모습을.

도대체 그가, 그들이 내게 무엇이었다고 그랬을까. 그의 존재가 이 세상에 있다는 것조차 몰랐던 지난날에도 멀쩡히 잘 살아왔건만. 그리고 지금도 이렇게 멀쩡히 잘 살고 있건만. 이제는 애써야만 떠오르는 그이의 웃는 낯.

구원은 셀프

이상형을 물어보면 '뒷모습이 쓸쓸한 사람'이라고 답했었다. 어딘가 빈 곳이 있는 사람이 좋았다. 그 빈 곳에 고여 있는 외로움에 끌렸다. 동아리를 하며 천천히 좋아하게 됐던 A는 자그마하고 비쩍 말랐었는데 웃으면 그늘이 졌다. 약간 굽고 마른 등을 보면 맛있는 걸 사주고 싶었다. 환히 웃게 해주고 싶었다.

그다음으로 좋아했던 B는 긴 목에 깊은 눈이 슬펐다. 데이트를 마치고 돌아서 뒷모습을 바라보면, 주황빛 가로등 불빛 아래 그 사람의 어깨는 끝 간 데 없이 처져 있었다. 당장 다시 달려가서 안아주고 싶어질 만큼.

그들이 비어 있어서 내 마음이 머물렀다. 하지만 텅 빈 마음을 내가 채워줄 수 있는 건 아니어서, 그 사람들을 만날수록 나도 함께 비어갔다. 사랑하면서 행복하지 않았는데도 계속 그늘진 사람들에게 끌렸다.

친구들은 그런 나를 뜯어말렸다. 이제는 좀 햇살 같은 사람을 만나, 따뜻하고 너를 더 좋아해주는 사람을 만나⋯⋯. 네가 자식을 키우는 것도 아니고 돌봐주고 싶은 마음을 자극하는 사람은 그만 좀 만나, 같은 이야기들을 들었다.

가까운 한 언니는 이런 나의 상태에 병명을 붙여주기도 했다. '구원자병'. 내가 한 사람을 구원할 수 있을 만큼 강하거나, 따뜻하거나, 좋은 사람이었으면 좋겠다는 믿음이 원인이라는 거였다. 언니는 내게 "사람은 결국 혼자야. 누구도 누군가를 감히 구원할 수 없어, 그건 오만이야."라고 말했다. 정말 그랬다. 내가 딱하다는 눈빛으로 두 볼을 감싸 안으면, A는 "나는 불쌍한 사람이 아니야. 날 그런 눈빛으로 바라보지 마." 하고 서늘하게 말했었다.

그때의 나는 타인이 내게 요구하지도 않은 동정심을, 도와주고 싶다는 어설픈 마음을 사랑이라 믿었던 것 같다. 휘청거리는 나 자신을, 누군가에게 애정을 쏟음으로써 붙잡고 싶었다. 맛있는 것을 먹여주고 싶다, 원하는 것을 하게 해주고 싶다… 같은 생각에 빠져 내가 한 존재를 보다 행복하게 해줄 수 있을 거라고, 그 사람이 잠겨 있는 어둠에서 그를 끌어낼 수 있을 거라고 믿었다. 그렇게 누군가를 구원하는 척 실은 나 자신이 구원받고 싶었다는 것을, 언젠가부터 알게 됐다.

텅 빈 자취방에 혼자 앉아 있으면 몸서리치게 외로웠던 그때, 그래서 차라리 귀신 같은 거라도 나와줬으면 좋겠다고 생각했던 그때로부터 나는 천천히 걸어 나왔다. 자신을 사랑하는 일에 대한 고민들을 거쳐 이제 조금은 혼자 서 있을 수 있는 사람이 됐다. 이제 나는 존재가 다른 존재를 구원할 수는 없다고 믿는다. 텅 빈 마음으로 비슷하게 텅 빈 사람을 아무리 끌어안아 보았자, 그건 소설가 이응준이 썼듯 "골초의 흡연처럼 진정한 위로가 아니"고, "얼음들이 모이면 얼음 창고가 되고 마는 것과 같은" 이치였다.

사람은 비슷한 부분에 이끌린다. 유난히 마음에 쓸쓸한 바람이 부는 사람, 뒷모습이 슬픈 사람이 있다. 그 사람들에게 이끌리는 건 잘잘못을 따질 수 있는 일이 아니지만 결국 그들과 함께 있는 내가 행복해지지 않는다면 헤쳐 나올 필요가 있다. 그리고 그 시작은 남이 아닌 '나 자신'의 빈 곳을 메우려는 노력일 것이다. 내게 '구원자병'이라는 적확한 단어로 나를 도왔던 그 언니처럼 주위 사람들의 도움을 받을 수는 있겠지만, 구원은 셀프다.

하지만 우리는
사랑한다고 말하지는 않아

너를 생각하면 언제나 진심이란 단어가 떠올라. 진심으로 사랑한다는 것은 무엇일까. 달이 노랗게 뜨면, 비에 젖어 떠는 강아지를 보면, 검푸른 바다를 보면 네 생각이 나는데, 우리는 사랑한다고 말하지는 않아. 맥주 한 잔으로 목을 축인 여름밤엔 너의 차분한 목소리가 듣고 싶어지고, 내 목소리를 차분하게 만들어줄 너에게 전화를 걸어. 우리는 언제나 한번 전화기를 들면 놓을 줄을 모르고. 하지만 우리는 사랑한다고 말하지는 않아. 푸른 꽃을 함께 보고 싶고 어깻죽지 뻐근하게 아려오는 영화를 함께 보고 싶어. 우리는 서로에게 무엇일까. 무엇이 될까. 당신은 따뜻하고 단호하게 내 눈을 보며 말하지. 정의 내리려 하지 말아, 단정 지으려 하지 말아.

습관성 짝사랑

그런 것이 연애인지는
모르겠습니다

요즘 저는 새벽에는 과제, 오전에는 인턴 근무, 오후에는 세미나 혹은 학회, 저녁에는 온갖 회의를 하며 지내고 있습니다. 함께하는 사람들은 아무리 작은 것이라도 다 같이 오래오래 이야기하고 결론을 내리는 좋은 이들입니다. 하지만 저는 요즘 민주주의라는 것을 만들어낸 사람을 찾아가서 욕을 해주고 싶습니다. 물론 농담입니다.

여하튼 손가락에 걸리는 것 없이 바쁘기만 한 하루를 보내고 집에 들어가면 머리는 온통 멍한데도 따스히 안고 잠들 수 있는 사람이 있다면 좋겠다, 하고 생각하게 됩니다. 하지만 연애는 하고 싶지 않습니다. 저는 그저 곁을 내어주고 곁을 내어 받을 사람이 필요할 뿐입니다.

애인이란 끊임없이 서로를 넓히고 생의 지난한 곬은 상

처들을 빨아내어 뱉어주는 사이여야 할 터인데, 그런 일은 실은 저를 더욱 고단하게 만들 뿐입니다. 차라리 인형을 끌어안고 자겠습니다.

제 주위에서 연애를 하는 친구들을 보면, 서로가 연락이 조금만 늦어도 토라지고 다투곤 하던데, 그런 것이 연애라면 저는 하고 싶지 않습니다. 왜 끊임없이 서로가 거기에 있는지 확인하려 들어야 하는지 모르겠습니다. 물론 저도 집착이라는 것을 해본 한가했던 시절이 있습니다만.

우리네 앞에는 이제 고단한 하루가 있고, 그것은 아무리 고단한들 오롯이 나의 몫인 것입니다. 아무리 큰 어려움이 있어도 이루 말할 수 없는 충만함이 있어도 그것은 오로지 사랑하는 그이의 몫인 것입니다. 우리는 그 하루를 단정히 마무리할 때에 그저 서로의 곁에 있어주면 그만입니다.

그런 것이 고단한 이들이 할 수 있는, 해야 하는 사랑이 아닐까 하고 생각합니다. 보통 사람들이 한다는 그 '연애'인지는 모르겠습니다만.

봄비

봄비가 잦다. 빗방울 하나가 투둑, 몸 위로 떨어질 때 벚
꽃 잎 한 장은 그 무게에 온 생애가 아찔해질 것이다. 그
러곤 땅 밑으로 이지러져 사람들의 발길에 가루가 될
것이다. 나에게도 이 비가 그렇다. 이리저리 부딪혀 짓무
른 사과의 여린 속살 옆에 과일을 두면, 그 과일은 함께
썩어간다. 마음의 곯음이 옮아갈까 두려워 사람을 곁에
두지 못했다. 온전히 드러내도 도망하지 않을 이를 찾는
일도 이제는 버거워 그만두었다. 무엇이 나를 그리도 힘
든 사람으로 만들었을까. 아무리 생각해보아도 그건 나
스스로, 라는 답밖에는 얻어지지 않는다.

나는 마치 식물처럼, 빛을 보지 못한 날이면 노랗게 시
들었다. 무르게 집을 떠나온 그날로부터 한 걸음도 나아
가지 못했다 여겼다. 언제나 사랑을 갈구했다. 맥주 한

잔 같은. 다음 날 아침이면 타는 목마름에 찡그리며 깨고 말았다. 다른 이들은 어떤 동력으로 스스로를 이끌어나가는 걸까. 나는 항상 남이 궁금했다. 다른 이의 마음 방문 앞에서 기웃기웃할 줄만 알았다.

다다음 주 즈음이면 심리상담을 끝낸다. 그동안 나는 내 방문 앞에 서는 법을 배웠다. 내가 아픈 사람, 그러나 자꾸만 벌떡벌떡 침상에서 일어나려 하는 사람이라는 것을 알았다. 의사가 흉터를 없던 것으로 만들어주지는 못한다는 것을 알기에 상담에 큰 기대를 걸지 않았다. 요즘은 마음이 아프면 그래, 아프구나. 몇 날 며칠 앓아누워 보지 뭐, 하는 마음을 먹는다. 욕심을 내려놓아야지만, 자신이 보통 사람들보다 많이 무르고 실은 별것 아니라는 것을 인정해야지만. 나는 더 이상 삶을 손톱 밑에 박힌 작은 가시마냥 그토록 아려하진 않을 것이다.

중경삼림
─ 짝사랑의 달콤함

영화 〈중경삼림〉을 다시 봤다. 홍콩의 패스트푸드점 점원 페이(왕정문)는 매일 샌드위치를 사러 오는 경찰 663(양조위)에게 푹 빠진다. 마음은 깊어지고, 페이는 우편물을 챙겨달라 부탁하며 열쇠를 맡긴 663 몰래 집에 드나들게 된다. 옛 여자친구의 흔적을 지우기 위해서. 페이는 그만큼이나 그를 사랑하면서도 663의 첫 데이트 신청에 나가지를 않는다. 이후 그녀는 외국으로 떠나버리는데……

3년 전쯤 처음 봤을 땐 '페이야, 데이트 신청을 받았는데 왜 안 나가! 왜 다 된 밥상을 엎어?' 이해를 못했다. 고등학교 때 처음 본 뒤 수많은 짝사랑을 겪고서 다시 보니, 페이가 왜 그토록 기다리던 첫 데이트 약속을 어기고 떠났는지를 알겠다. 짝사랑은 나 혼자만 앓으면 된

다는 점에서 차라리 속 편하고 달콤하다. 하지만 서로의 마음이 오가기 시작하면? 일방적으로 애정을 쏟던 일이 끝나는 두려움, 막상 사랑이자 누추한 현실로서의 연애가 코앞에 있을 때 그 문을 여는 막연함이란.

지금껏 나를 바라봐주지 않던 당신의 갑작스러운 마음이 진짜일까? 나는 당신을 통과해간 이전 사람의 기억과의 투쟁에서 승리할 수 있을까? 아니, 마음이 이렇게 복잡한 걸 보니 나야말로 당신을 진짜 사랑하고 있나? 그런 두려움들. 그리고 조금 더 당신의 마음에 들 만한 사람으로 변해서 훗날 그 앞에 서고 싶단 욕심까지.

그 모든 감정들이 페이를 막아섰겠지.

습관성 짝사랑

H에게

안녕하세요, H.

H를 만나기 하루 전에 이 편지를 쓰고 있어요. 손 편지
는 서로 부담이 될 것 같아 이렇게 노트북 앞에 앉았어
요. H, 나는 당신이 어떤 사람인지 잘 알지 못해요. 하지
만 어쩐지 한결같이 변하지 않는 무언가를 지니고 있는
사람, 그리고 이야기를 들어줄 수 있는 사람일 거라고
생각했어요.

H가 어떻게 지내고 있는지는 만나서 들을 수 있겠지요.
저는 요즘 정신없이 바쁘고 그렇기 때문에 사이사이의
뜬 시간들이 무료해 견디기 힘든 일상을 보내고 있어요.
잘 살고 있는지 모르겠고, 어딘가 비어 있는 마음을, 편
지를 쓰면서 먼 곳의 누군가에게 말을 건네면서 견뎌내
고 싶었어요.

그래서 이렇게 당신에게 편지를 썼어요. 당신이 잘 모르는 누군가가 자기 이야기를 늘어놓는 것에 대해서 싫지 않다면 나에게 앞으로도 이렇게 편지를 부칠 수 있게 해주었으면 좋겠어요. 답장을 받으면 기쁘겠지만 주지 않아도 괜찮아요. 허락한다면 격주로 한 통을 쓰고 싶어요.

H 생각은 아주 가끔, 이유 모르게 나곤 했어요. 나는 H가 무언가를 말하기 전에 곰곰이 생각하는 표정이 좋았어요. 내게 없는 것이라서 신기하다고 생각했어요. 어린 시절 할머니가 바다처럼 넓은 마음을 가지라고, 또 과묵한 사람으로 자라야 한다고 하셨다는 말을 내게 해준 적 있지요. 내 마음 깊은 곳에 그 말이 남아 있었나 봐요. 그래서 나는 H가 바다처럼 넓은 마음을 가졌다고, 낯선 나의 주절거림을 묵묵히 들어줄 것이라고 혼자 결정 내리고 말았나 봐요. 나의 오해라면 미안해요.

내가 지난주 밥 한 끼 하자고 페이스북 메시지를 보냈을 때에 나는 윤이형의 소설 「루카」(『러브 레플리카』에 수록)를 읽고 있었어요. '너'라는 사람이 어쩐지 당신과 닮았다고 생각이 들었어요. 한결같은 사람이고, 말이 적은 사람이고, 아래의 소설 부분에 나오는 애니메이션을 좋아할 것 같은 사람이고, 영화관에서 아이들이 떠들어도 짜증내지 않을 것 같은 사람이라고 멋대로 생각했어요.

너는 조조로 영화를 보고 왔다고 대답했다. 자기 몸에 물이 채워지는 것을 싫어하는 욕조가 주인공이고 그 친구들인 칫솔과 치약과 샴푸 같은 욕실용품들이 나오는 아동용 애니메이션이었는데 아침부터 아이들이 극장을 가득 채워 대사의 반쯤밖에 알아들을 수 없었다고. 나는 그 영화를 보지 않았고 앞으로도 아마 보지 않을 테지만 그때 너의 얼굴에 담겨 있던 것들을 떠올리면 여전히 웃음이 난다. 전날 밤부터 시작된 통화가 새벽 두 시까지 이어졌고 나는 전화기를 든 채 잠들었다가 정오가 다 되어 간신히 눈을 떴는데 너에겐 피곤한 기색이 없었다. 너의 얼굴은 다음과 같은 사실들을 말하고 있었다: 1) 함께 있지 않을 때에도 나는 내 공간에서 몸을 움직여 네가 모르는 나만의 이야기를 만들고 있고 2) 내가 이렇듯 매력적인 사람이라는 걸 네가 알아주었으면 하며 3) 그렇지만 나는 우리가 함께할 이야기에 죽음을 각오하고 폭포 속으로 몸을 던지는 새들의 절박함과 시리고 날카로운 열정이 아니라 생활이 만들어내는 무해하고 보드라운 거품들과 건강한 웃음이 더 많았으면 해. 네가 말없이 하고 있는 말들이 나를 기쁘게 했고 나는 너의 초대를 받아들였다.

위의 부분은 소설을 읽으며 가장 좋았던 부분이에요. 앞으로도 H에게 이렇게, 내가 읽거나 본 것들 중에 좋았던 것들에 대해서 써 보내도 될까요? 왠지 그렇게 하고 싶어요. 나는 좋은 것들을 많이 보고 읽지만, 혼자 삭이는 일이 서글퍼요. 내게는 좋은 친구, 동생, 언니 오빠들이 있지만 요즘의 내게는 손으로 만져지는 편지를 저 먼 거리에서 받아보고, 그 봉투를 뜯어 사그락거리며 그것을 읽어줄 존재가 필요해요. 기다림이 필요해요. 이해하시겠어요?

H는 아래 등장하는 실제의 J와는 다른, 가상의 인물입니다.

계신 곳에도
눈이 많이 오나요?

안녕하세요 J. 상희예요.

계신 곳에도 눈이 많이 오나요? 오늘 서울의 눈들은 녹아 사라졌어요. J씨가 새하얀 눈을 한 번, 제가 쓴 편지를 한 번, 쨍하게 시린 하늘을 한 번. 그렇게 번갈아 보는 상상을 해봐요.

제 블로그 제목 '왜냐하면 우리는 우리를 모르고'에 대해 이제니 시인의 시에서 따온 것이 맞느냐는 댓글을 남기셨을 때, 저는 J씨 블로그에 들어가보고 또 당신이 먼 곳의 군인이라는 걸 알고 나서, 혼자 생각했어요.

'H가 왔구나.'

그즈음의 저는 편지를 주고받을 사람을 몹시도 기다리고 있었어요. 그래서 H라는 인물을 구체적으로 상상하고 그 사람에게 보낸 편지를 블로그에 써두었었거든요. J씨가 댓글을 달았던 건 바로 그다음 날이었어요. 그래서 제가 먼저 펜팔을 하자고 말했던 거예요. 신기하고 반갑고 고마워요. 하지만 부담은 없었으면 해요. 저는 반갑다, 고맙다, 좋다, 기껍다 하는 표현들이 잦고 풍부한 편이에요. 제 모습이 다정하고 솔직할 때에 그 자체로 저 자신을 좋아하게 되거든요. 그러니 그만큼 마음을 돌려주지 못하면 어쩌지? 하는 걱정은 말았으면 해요.

J씨의 블로그 기록 몇몇으로 당신이라는 사람을 안다고 하면 오만이겠지만, 이상하게 나와 닮은 사람이란 생각을 해요. 우리는 닮아 있어서 앞으로 많은 이야기를 공유하게 될까요. 닮아 있기에 새로운 것들을 나누지는 못하게 될까요. 궁금하네요.

저는 밥과 시집을 사기 위해 많은 일들을 하지만, 지금

은 제 글을 파는 생활을 하고 있어요. 그렇기에 저 자신
과 단 한 사람만을 위해 아름다운 말들을 짓고 있는 이
순간이 소중해지네요.

먼 청파동에서 그곳의 바람과 공기를 상상하며 이 글을
씁니다. 당신이 맞는 바람이 얼마나 매서울지, 공기가 얼
마나 적막할지 알지 못하네요. 앞으로 편지를 주고받을
때에 어려움이 생긴다면 언제든 이야기해주세요. 우리
가 서로에게 편한 사이가 되길.

겨울의 훈련, 부디 건강 챙겨요.

강원도의 군인 J와 주고받은 편지 끝에 우리는 실제로 단 한 번 만났습니다. 글 밖에서
의 서로가 달랐기 때문이었을까요. 지금은 그가 어떻게 지내는지 알지 못합니다. 그
래서 그가 보냈던 편지는 허락을 구하지 못해 싣지 못했습니다. 제가 보냈던 몇 통의
편지만 추렸습니다.

당신의 일상이 궁금해요

안녕하세요 J. 아주 매서운 밤이에요. 그곳의 추위를 따라갈 수는 없겠지만요.

저는 수면 양말을 신고, 유자차를 홀짝이면서 편지를 썼어요. 아직 강원도에서 보낸 첫 번째 편지는 도착하지 않았지만, 하고 싶은 말들이 생각나서요. 오늘은 인터뷰 기사의 마감이 있는 날이에요. 하기 싫은 일일수록 빨리 해치워버리는 것이 제일 좋을 텐데, 저는 왜 이렇게 미루고만 싶을까요? 오늘도 느지막이 일어나 좋아하는 카페에서 글을 조금 정리하다가, 집으로 돌아와 한숨 자고 다시 일어나 이렇게 편지를 쓰고 있답니다. 다 쓰고는 아마 밤새 네 장짜리 기사를 마감하겠죠. 저의 일상은 이래요.

지금 쓰고 있는 기사는 아주 유명한 인테리어 디자이너에 대한 글이에요. 직접 만나본 그는 아주 상냥했고 겸손했지만, 어릴 때부터 아주 잘 만들어진 따스한 온실 속에서 자라온 사람 같았어요. 고고한 난 같은 사람이었어요. 그것을 바라보고 바보 같은 질문을 던지는 야생화 같은 제가 그 앞에 있었지요. 인터뷰 장소는 으리으리한 100년 된 한옥 속의 작업실이었어요. 참 기죽고 어색한 시간들이었지요.

저는 촌스럽게도 자꾸 이곳과 저곳을 나눈답니다. 나는 심심하고 고소한 민무늬 절편 같은 사람, 저이는 깊은 풍미에 단정하게 잘려진 고급 치즈케이크 같은 사람…

그런 생각이 들었어요. 돈을 벌기 위한 글쓰기 생활 안에서 제가 만나는 사람들과 제가 괴리되는 기분. 그럴 때에 저는 외로워진답니다. 이 외로움을 지우려면 역시 어서 마감하는 게 답이겠어요.

J씨는 새하얀 눈과 하늘만이 두 눈에 가득할 그곳에서 무슨 생각들을 하며 지내나요? 당신의 일상이 궁금해요. 오늘 저는 『진심의 공간』이란 책을 읽었어요. 그곳에서 가장 마음에 드는 문장은 '인간에게 가장 큰 자부심은 스스로 만들어낸 것으로 타인을 감동시키는 일이다.'였답니다. 저는 글을 쓰고, 사진 찍는 것도 좋아해요. 그것들로 단 한 사람이라도 감동시키고 싶어요. 그게 제가

이 세상에 나온 이유가 아닐까… 그런 생각들을 한답니다. 그럼 이만 안녕히.

그곳의 별을 상상해보며, 상희 드림

솔직함은
사랑의 증거일까요?

어제는 12월 24일에 쓴 편지가 뒤늦게 도착했어요. 그이틀 전엔 12월 26일에 쓴 편지가 먼저 왔구요. 먼저 편지는 열아홉의 소년 J가 쓴 것만 같고, 뒤에 연필로 더욱 꾹꾹 눌러 쓴 편지는 서른쯤의 J가 쓴 것 같아요. 반갑고 신이 난 마음이 그대로 드러난 첫 번째 편지와 어떤 종류의 걱정이 담긴 점잖은 두 번째 편지. 그것들을 찬찬히 읽으며 그 두 가지 모습이 모두 당신임을 알아갑니다.

점잖지 말기로 하자, 는 말을 써서 보냈었지만 제 안에도 흰 눈 오는 날 꼬리 흔드는 하얀 강아지와 차를 곁에 두고 말쑥하게 앉아 시를 짓는 숙녀가 함께 있듯이 어떤 모습이라도 좋으니 지금처럼 당신에 대해 들려주세요. 사려 깊은 선임을 둔 50명의 당신의 후배들은 어떤 사람들인지, 그 안에서 당신을 괴롭히는 고민들은 무엇인지… 무엇이든 좋아요.

며칠 전 저는 친한 언니와 솔직함은 사랑의 증거일까, 에 대해 오랜 이야기를 나눴어요. 언니의 연인은 말수가 적고, 취미로 소설을 쓰는데 그것을 다른 사람에게는 보여줘도 절대 자신에게는 보여주지 않는대요. 이유를 물어도 그저 '많이 어두워.'라고만 말한대요. 과거의 아픔, 그리고 만났던 사람들에 대한 이야기도 절대 해주지 않는다며, 자신은 모든 것을 보여줬는데 속상하다고 제게 말했어요.

솔직함은 사랑의 증거일까요? 저라는 사람에게는 그래요. 하지만 숨김이 사랑의 증거인 언니의 연인과 같은 사람도 있겠죠. 그에게는 자신이 몰래 쓰고 있는 소설이 누구 안에나 존재하는 열등감과 어둠을 해소하는 창문일 거예요. 그렇기에 그 부산물들을 사랑하는 사람에게 보이고 싶지 않은 것이겠지요. 그리고 제가 아는 언니는, 콤플렉스가 없는 사람이고, 누군가 '너는 이러이러한 게 부족하잖아?' 하고 시비 걸어오더라도, 자신이 그렇게 생각하지 않으므로 당당할 수 있는, 드물게 눈부신 사람이에요. 아마도 그래서 그녀 곁의 그는 자신의 어둠을 내보일 때 그녀에게 이해받지 못할까 봐, 그녀가 떠나갈까 봐 숨기는 것이겠죠.

어떻게 들으실지 모르겠지만, 저에게는 어둠이 저라는 사람의 외모였어요. 사춘기 시절 제가 가장 좋아하는 책은 등장인물들이 모두 눈에만 구멍을 뚫은 종이 가방을 덮어쓰고 나오는 만화책이었어요. 그 해괴한 나라의 사람들은 사람을 외모로 평가할 수가 없었거든요. 제가 좋아하는 제 안의 모습과 아름답지 못한 제 껍데기 사이의 괴리를 견디기 힘들었어요.

하지만 지금의 저는 조금씩 저를 보이고 있어요. 저는 '자신을 사랑해야 해, 자신을 사랑합시다.'라는 말을 쉽게 하는 강연이나 자기계발서를 미워해요. 자기 자신을 사랑하는 일은 어떤 사람에게는, 전 생애를 걸쳐 뼈아프게 해내야 하는 업보이니까요. 끝끝내 생을 마칠 때에도 불가능할지 모르지만, 자신을 사랑하려 몸부림치는 존재이기에 사람이 아름답다고 생각해요, 저는.

이야기가 아주 멀리까지 흘러가버렸네요. 지금의 저는 사람들에게 솔직하게 저를 보이고, 씩씩하고 아름다운 모습, 아프고 못난 모습, 그래서 열심히 노력하고 있는 모습까지도 보이고 싶어요. 그런 제 노력을 아껴주는 사람들과 남은 삶들을 함께하고 싶어요.

무슨 말을 쓰면 좋을까, 고민하고 새로운 편지지를 사러 나서는 길에 얼빠진 사람처럼 피식거리다 오늘은 말려둔 어떤 꽃을 골라 붙일까, 곰곰 생각하고 무엇이 서로를 위한 솔직함일까, 아름다운 거짓이 아니라… 생각하며 머리 아파합니다. 그러다 보면 시간은 훌쩍 저를 들어 저녁에 데려다 놓습니다.

오늘은 이만 줄여요.

한 사람의 어른 몫을
시작하려 해요

잘 지내고 있나요.
너무나 매서운 날들이라서, 건강 꼭 챙기길 바라요.

지난주 방송국에 첫 출근을 했어요. 어려움은 많았지만
그걸 쏟아내기에는 미안한 마음이 드니까, 편지로는 전
하지 않을게요.

저는 오늘 침대에 누워 잠시 뒹굴거리며, 제가 좋아하는
사진 잡지 『VOSTOK(보스톡) 매거진』을 보았어요. 이번
달 잡지 주제는 '사랑, 당신과 나의 시작과 끝'이었답니
다. J씨도 분명 좋아할 것 같아요. 이미 알고 있나요? 저
는 마음이 사막이 되지 않게 하기 위해, 주말이면 이렇
듯 물을 주는 노력을 게을리하지 않으려 해요.

습관성 짝사랑

J씨의 일상을 건네받고, 이렇게 이메일을 쓰는 지금도 그 노력 중 하나이고요.

J씨가 편지에 쓴 '부모님께 전하려 고민 중인 마음'들은 큰아들로서의 무게감이 버거웠다는 말들일까요. 직업 군인을 그만두고 전역하려는 결심을 앞두고, 걱정되고 죄송한 마음들일까요.

제 어머니는 제게 그런 말을 하신 적이 있어요. 부모는 자식이 잘 살면 그걸로 행복이라고, 허울 좋은 것보다 네 마음이 안으로부터 살찌는 일을 해야 한다고.

J씨, 저는 어제 아버지께서 택배로 보내준 등산화를 받았어요. 다음 주에 산에서 촬영이 있다고 말씀드렸거든요. 그런데 전화로 이렇게 말씀하셨어요. 이제 이게 마지막 선물이라고. 이제 네 삶은 상희 네 것이고, 무엇이든 네가 선택하고 네가 네 살길을 찾아가야 한다고.

저는 이제야 어른 몫을 시작하려 해요.

일찍이 많은 동생들을 책임져야 했던 J씨는 이미 옛날에, 어른이 되어버렸을 것만 같아요. 그래서 많이, 참아야 하지 않았을까, 어른스럽고 싶지 않았을 때도 있지 않았을까. 그런 짐작을 해봐요.

우리, 각자 한 사람의 어른 몫을 해내는 이 길에 곁에서서 응원해줄까요.

그럼, 주말에 또 편지할게요.

> 나는 길게 누워 있는 섬 위의
> 저녁 구름에 서린 분홍 같은 것이었다가
> 조금씩 시간이 흘러 이렇게 한 사람이 되었습니다.
> _하재연, 「한 사람」

잘할 수 있을 거라고,
말해줄래요?

J씨, 상희예요.

어제 저는 속초에 혼자 다녀왔어요. 맡은 일을 하기 전에 마음의 준비가 필요했거든요. J씨가 좋다고 말했던 서점과 펍은 일부러 아껴두었고요. 잔잔한 바다를 보면서, 속초의 적막함을 흉내 내보았어요.

이제 월요일이면 유가족분들과 마주해야만 해요. 저는 취재작가로서 출연자분들과 마음을 나누고, 인터뷰를 설득하고, 촬영본을 편집하기 좋게 문서화하는 것 등의 일을 맡게 되었어요.

사실 처음에는, 이분들의 이야기를 할 수 있게 되어서, 마음의 빚을 조금이라도 갚을 수 있겠구나 하는 마음으로 기뻤어요. 그런데 조금씩 자료조사를 해나가면서 살았을 때 아이들이 어떤 성격이었는지, 무엇을 좋아했는지 하는 것들을 알게 될수록 힘이 들어요.

잊지 않으려 맡은 일이지만 잊고 편해지고 싶은 마음이 저를 괴롭힙니다. 오늘도 카페에서 관련된 책을 읽다가, 도저히 눈앞이 흐릿해져서 읽지 못하고 집으로 왔어요. '너는 그분들 곁에서 잠시나마 마음을 보듬을 수 있는 사람'이라고 주변분들은 말씀하시지만, 자신이 없어져요.

언제나 너무너무 잘하고 싶어질 때마다, 진심을 다하고 싶어질 때마다 도리어 더 자신을 잃곤 해요.

훗날 제가 기나긴 터널 끝에서 마주한 빛 같은 제 아이를 품에 안았을 때에, 지금보다는 마음 놓을 수 있는 현실을 보여주고 싶어요. 그래서 다큐를 더 잘 만들고 싶어요.

상희씨라면 잘할 수 있을 거라고, 말해줄래요?

습관성 짝사랑

그리고 J씨, 지난 편지에서 우리의 만남을 앞두고 제가 당신이 부드럽고 따스하기만 한 사람 혹은 완벽함을 지닌 사람일 거라 생각할까 봐 걱정된다고 했지요. 저는 분명 사람이 사람에게 줄 수 있는 온기를 당신에게서 기대하는 것이 맞지만, 함부로 그렇게 상상하지 않아요.

당신은 아마도 든든하고 정갈한 뒷모습을 하고 있을 것만 같지만, 실제로 만나보기 전까지는 서로에 대해 알기란 어렵겠지요. 아니, 정말 만나게 되어도 우리는 나 자신이 어제 한 일에 대해서도 왜 그랬지, 싶을 때가 있는 사람 아닌가요. 그러니까 무엇도 속단하지 않고 있을게요. 열심히 제 일을 하고 있을게요.

타인을 이해할 수 없다는 걸 알면서도, 거기에 가 닿을 수 없다는 걸 잘 알면서도, 이해하려고, 가 닿으려고 노력할 때, 그때 우리의 노력은 우리의 영혼에 새로운 문장을 쓰기 시작할 것이다. 우리는 타인을 이해할 수도 있고 이해하지 못할 수도 있다. 그건 우리의 노력과는 무관한 일이다. 하지만 이해하느냐 못하느냐는 전혀 중요하지 않다. 중요한 건 우리의 영혼에 어떤 문장이 쓰여지느냐는 것이다.

_김연수, 『소설가의 일』

타인의 취향을
물려받는 일

속초에 왔다. 실컷 걸었다.

J와 나는 지난겨울 내내 편지를 나눴다. 우리는 그 겨울 끝에 종이 밖으로 나가 낮에서 밤으로 서촌 길을 함께 걸었다. 그날 이후 영영 볼 일이 없게 되었지. 나는 연애하려 만났고, 그 사람은 친구 하려 만났으니까. 나는 혼자가 지긋지긋했고, 그 사람은 외로움에 갇힌 자신의 모습을 사랑했으니까. 나는 안아줄 사람이 필요했고, 그 사람의 두 손은 고민으로 가득했으니까.

우리가 이메일이나 손편지 같은 평면으로만 만나던 때에 꼭 속초에 가자는 약속을 했었다. 그 사람은 내게 필름카메라를 알려주겠다고도 했었지. 그래서 오늘 혼자 필름카메라를 사 들고서 동아서점, 서점 완벽한 날들과 이곳의 잔잔한 바다에 흠뻑 걸어들어 갔다 왔다.

우리 펜팔할래요? 나랑 얼굴 볼래요? 묻지 말걸. 글 속에만 영영 숨어 있을걸. 바보 같았지, 그때는. 내가 미인이 아니라서 안 돼요? 묻기나 하고. 받아들여지지 못했다는 생각에만 사로잡혀 있었다.

이제는 알겠다. 내가 먼저 손 내밀어서 지금 내 현실 속에 정갈하고 정성 가득한 속초의 서점들이, 푸른 바다에 혼자 앉아 있을 수 있는 고마운 시간이 생겼다는 것. 필름의 롤을 돌리는 손맛을, 현상을 기다리는 설렘을 얻었다는 것. 상처받았지만 그 사람의 세계 한 조각을 소개받았다는 것.

또다시 서로의 좋은 것을 물려줄 사람을 찾고 싶다, 고 이제는 생각한다. 실패하면 또 어때, 한 번의 만남이면 또 어때. 다음에는 또 어디를, 무슨 책을, 어떤 영화를 물려받게 될까.

습관성 짝사랑

이젠 소개팅이 필요해

그런 토요일이 있다. 하늘은 맑고, 거리에 짝 없이 돌아다니는 사람은 나뿐인 것만 같은. 혼자 영화도 잘 보고, 혼자 밥도 잘 먹어왔지만 지난 주말엔 분식집에서 바로 옆자리 연인이 하는 이야기들을 듣는데, 밥이 잘 안 넘어갔다. 둘은 "이 칼국수 맛, 나 고등학교 때 미미분식이랑 비슷하다. 맛있어."라든지 "다음 주엔 너 좋아하는 오리고기 먹으러 갈까? 우리 A 요즘 너무 잘 먹어서 나 지갑 가벼워졌다고~" "언제는 나 잘 먹어서 좋다며?" 같은 소소하고 아무것도 아닌 말들을 섞고 있었다. 그런데 그 일상적인 이야기가 그날따라 어찌나 부러웠는지.

그리하여 마침 들어온 소개팅에 나섰다. 그동안은 '나 연애 상대 찾으러 나왔어요.' 하고 멍석 깔아주는 자리는 영 불편하기도 했고, '둘이 간절하진 않아서 소개팅을 거절해왔지만, 이제는 아니다. 하지만 소개팅 당일, 그와 처음 눈을 마주친 몇 초 만에, '아, 내가 기쁘게 오래도록 바라볼 수 있는 눈이 아니구나.' 알게 됐다. 좋은 사람이긴 했다. 취향이 비슷해 대화는 마치 탁구를 하듯 핑퐁핑퐁 이어졌다. 하지만 나보다 나이가 많은 그는 결혼을 생각하는 듯했고, 결정적으로 내 취향이 아니었다.

매서운 바람 속에 내 얇은 코트를 걱정해줬지만.
황정은의 『백의 그림자』를 그도 좋아했지만.
깻잎장아찌 줄기 한쪽을 젓가락으로 잡아줬지만.
고기 구워서 나한테 다 줬지만!

누군가 내게 이상형을 물으면, '대화가 잘 통하면 된다.'고 말하고 다녔다. 그러나 대화가 즐거워도, 취향이 잘 맞아도 연애 상대로서는 다시 보고 싶지 않을 수 있음을 새삼 알게 됐다. 서로의 삶의 타이밍이 비슷한지, 겉이 내 스타일인지 아닌지도 중요했던 것이다! 이건 어쩔수 없는 일이 아닐까? 지금껏 나와 이어지지 못한 사람들의 마음도 이랬겠구나, 인연이 되지 못했던 건 그 누구의 잘못도 아니었음을 깨닫게 된 소개팅이었다.

그리고 어떻게 되었냐고? 그는 며칠간 매일 퇴근 시간마다 안부를 물어주었다.

'상희씨, 오늘 하루는 어땠나요? 저녁은 먹었어요?'
'저는 오늘은 무얼 해요.'
'내일은 더 춥대요. 따듯하게 입어요.'

생경했다. 숨 막히는 퇴근 끝에 매일매일 내 하루를 궁금해하다니? 귀하고 소중한 마음이었다.

하지만 어려웠다. 귀찮기도 했다. 나는 그의 하루가 궁금하지 않았으니까. 그래서 우리는 인연이 아닌 것 같다고 말했고, 이제 늘 그랬듯 내 카톡창은 조용하고 깨끗해졌다. 그런데 마음은 왜 헛헛할까?

내 마음이 하나만 해줬으면 싶다.

습관성 짝사랑

여름밤

맨정신이었더라면, 미친놈을 다 보겠네, 하고서 택시를 타고 집으로 왔을 말들이었다.

"나는 네가 가진 흉터를 알아. 어디를 어떻게 건드리면 네가 아파서 울 건지도 잘 알겠어."

그랬어야만 했을까. 나는 기꺼이 건드려졌고, 마음껏 울었다. 살아오면서 그토록 후련했던 순간이 있었던지. 울리고 싶다는 그 말이, 그 못된 말이 그렇게나 반갑고 기꺼웠다. 그동안 이렇게라도 내 마음속으로 걸어들어 온 사람이 있었던가. 내 마음 밖에서 수줍게 들꽃을 들고 서성이던 이, 시집을 두고 볼을 붉히며 돌아갔던 이……. 이처럼 멋대로 나를 대해준 이가 있었던지. 창문을 깨고 구둣발로 방 안을 더럽히며 들어와서, 나를 찾아내준 사람이 있었던지. 나는 생각했다. 없었다.

"당신은 울 준비가 되어 있는 사람을 건드렸어.
나는 늘 기다렸거든. 누군가 나를 울려주기만을."

무례함이나 호기심, 사랑과 동질감 혹은 동정심… 그
단어들의 차이를 알아차릴 수 없을 만큼 나는 외로움에
취해 있었다. 그러곤 흐물하게 무너져 그에게로 안겼다.
그날 서로의 입에서 입으로 옮겨갔던 말들은, 모두 각자
가 아껴왔던 영화와 소설의 대사에 지나지 않았다. 내일
은 모르지만 오늘은 사랑해, 같은 말들. 유치하다고 생
각하면서도 내뱉었다. 하지만 기꺼웠다. 지질했고 그것
은 곧 생생하게 살아 있다는 의미였다. 산다는 게 새롭
게 아름다울 수는 없다고, 정말 영화 같고 소설 같을 수
는 없다고 생각했다. 그렇게 포기를 끌어안고 산다는 지
점에서 우리는 꼭 닮아 있었다.

다음 날 좁은 방 안에 가득 찬 알코올 냄새를 맡으며
혼자 눈을 떴을 때, 기억을 의심했다. 언젠가는 일어나

야만 했을 일이, 그날 그 사람과 이루어졌을 뿐이었다. 반드시 그 사람이어야만 했던 순간은 없었다. 그렇게 생각하는 편이 머리가 덜 아팠다.

하루치의 무의미

하루짜리 휴일이 속절없이 갔다. 나는 집 안에서 뒹구는 건 쉬는 거라 여기지 않는 사람. 밖으로 나갔다. 가을볕이 좋으니 썬크림을 단단히 바르고 덕수궁까지 한 시간을 걸었다. 큰 천 가방에 소노 아야코의 『누구를 위해 사랑하는가』와 이어폰, 노트, 볼펜 그리고 물병을 넣고서.

볕 아래 바람 사이로 걸었다. 그저 걷는 것만으로 좋은 가을날이었다. 궁궐 뜰 구석에 앉아 책을 조금 읽었지만 휴일의 소란은 어디에나 있었다. 붐비지 않는 카페를 찾지도 못했다. 왜 걷는지, 어디를 가고 싶은지 모르고 걸었다. 그렇게 걸은 건 오랜만이었다.

어느 신호등을 기다리다가 개를 봤다. 방금 읽은 책의

글이 생각났다. 개를 좋아하는 건 사람을 사랑하는 것과 달라서, 나의 감각이 즐겁기 때문에 자기애의 변형으로 좋아할 뿐이라는 글이었다. 동물과 가족처럼 사는 사람들에겐 동의를 얻지 못할 말이지만, '그저 보고 있으면 내 마음이 흡족해서 좋아한다는 것'이 내가 그동안 해온 짝사랑들과 닮았다는 생각을 했다. 한 번도 제대로 된 사랑은 해본 적이 없었다. 마음이 아파질 것 같으면 도망치면 그만이었다. 나는 나를 너무나 좋아해서, 그런 것을 할 수 있는 사람이 아닌 게 아닐까. 신호가 바뀌어서 길을 건넜다.

카페에 들러 필사를 세 장 했고, 집에 와서는 영화를 하나 봤다. 사랑일지 욕정일지 모를 감정 앞에 어리석어진 사람들이 나왔다. 술병을 앞에 두고 흑백영화 속에서 잔뜩 울었다. 그런 사람들을 보면 우습고 부럽고 그렇다. 가을이 흘러간다.

습관성 짝사랑

part 3

아등바등
사무실

첫 사회생활을 시작한 이래 저는 한 곳의 방송국과 두 곳의 영화제에서 일했고, 라디오 인턴 피디로 잠시 있기도 했습니다. <아등바등 사무실>은 제 모든 일터의 기록입니다.

일의 딜레마

요즘엔 방송국 다큐멘터리 팀 취재작가로 일하고 있다. 촬영에 필요한 정보들을 찾거나 인터뷰 대상을 섭외한다. 그동안 라디오 인턴도 해보고, 스트릿 인터뷰도 하면서 사람을 대하고 설득하는 일이 적성이라고 생각했다. 하지만 단지 해낼 수 있었을 뿐, 스트레스도 받고 에너지를 크게 쓰고 있었다는 걸 알아간다.

좋고, 잘해내기도 하는 일을 업으로 삼을 수만은 없다는 것에서 일의 딜레마가 생긴다.

— '남들 보기엔 멀쩡히 잘하지만 자신을 갉아먹는 일'
  이 있다.
— '조금 서툴러도 나 하나 즐거우면 그만인 일'도 있다.
— '어느 정도 해내는데 행복하기도 한 일'이 가장 이상
  적이다.

마지막 이상적인 일은 내게는 '조용히 혼자 글 쓰는 것'
이지만, 생계가 되기는 어렵다. 살아가기 위해선 어쩔 수
없이 첫 번째 일을 업으로 삼게 될 확률이 크다.

'잘하지도 못하고 자신을 갉아먹지만 계속 해야 하는
일'을 빼먹었는데, 제발 그런 일은 하지 않게 되기를.

차가운 도시락

고3 겨울, 엄마가 정성스레 싸주셨지만 식어버린 도시락을 혼자 차가운 대리석 계단에서 먹었던 기억이 난다. 아마 늦게까지 남아 공부를 하려고 했던 것 같다. 그날따라 같이 밥 먹을 친구가 없었기도 했다. 따돌림을 당했던 것도 아니고 누가 뭐라고 한 것도 아니었는데, 차가운 소고기 장조림을 두어 젓가락 집어 먹다가 왈칵 눈물이 났다. 뚜껑을 덮고서 집으로 가 엄마 아빠 앞에서 설명도 제대로 못하고 엉엉 울었다. 왜 그렇게 울었을까.

오늘 몸살에 걸려 회사를 못 가고 밥도 안 먹고 누워 있는데 이상하게 그날 생각이 났다.

더 이상은 부모 앞에서 그렇게 울 수 없게 되었다. 마음

아픈 건 나 하나에서 그만둬야 하는 시기가 되었으니까.
으쌰, 일어나서 죽을 사러 나가야지. 내일은 출근을 해
야지.

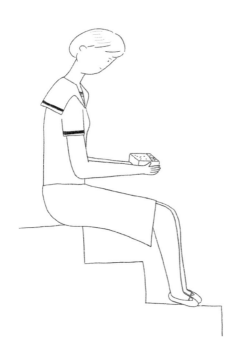

아등바등 사무실

대답 못한 점심식사

오늘은 다른 팀 피디님과 밥을 먹었다. 단정 짓는 어투를 사용하고, '너는 이러이러한 스타일이야' 하고 말하기를 즐겨 하는 사람. 그분은 내가 일로서 존경할 수 있는 사람, 프로페셔널하거나 똑똑한 사람을 좋아할 것 같다면서 그러지 말라고 했다. 일 잘하는 사람이, 인간 대 인간으로 너를 사랑해주고 너에게 연인으로 좋은 사람은 아닐 수 있으니 존경할 만한 사람만 찾지 말라고. 하지만 자신의 일터에서 존경받는 사람들은, 성과의 크기에서 존경받는 것이 아니라 그 태도와 과정 안에서 구성원들에게 늘 감동을 줬다. 정성을 다하는 사람의 태도는 일에서도, 사람을 대할 때도 같이 가는 것일 텐데, 어떻게 그렇게 단정 짓는 말을 할 수 있을까.

그분은 또, 내가 취재 대상의 마음이 상할까 봐 노심초

사한다는 이야기를 전해 듣고는 촬영을 하기로 시작했다는 건 취재진도, 취재 대상도 서로 상처를 주고받는 일이니까 익숙해져야 한다고 말했다. 평생 방송 밥 먹고 살아온 입장에선 맞는 말일 것이다. 날림으로 만들어야 할 때가 많은 방송 안에서, 짧게 주어지는 시간 안에서 지당한 말인 것을 알면서도 부정하고 싶은 말이었다. 관계를 맺는다는 건 서로에게 기대하게 되는 것이고, 실망할 수밖에 없다는 말. 그래도 나는 최대한 상처 주지 않기 위해 노력하고 싶은데, 왜 노력해보라고 격려해주지 않는 걸까. 자신은 이미 그 상처의 시간들을 다 지나왔기 때문일까?

일 자체보다 새로 만나는 어른들의 가르치고 싶어 하는 마음을 헤쳐 나가는 일이 어찌 더 험난한지. 언젠가는 지지 않고 말대답을 해내고 싶다. 상처받지 않고서.

"나는 당신에게 조언을 부탁드린 적 없고, 부탁드린 적 없는 조언은 참견입니다. 그것이 제 소중한 마음을 상하게 내버려두지 않겠습니다."

아등바등 사무실

잔인한 계절에
내 삶을 여기 덜어놓는 일

오늘은 퇴근하고 서울역에서 환승 열차를 기다리다 마스크 속에서 혼자 울었다. 그 누구에게도 온전히 기댈 수 없는 나의 신세, 아니 그보다는 나의 이기심을 오래오래 곱씹었다. 내게 힘들다는 말은, 그런 종류의 징징거림은 빚과도 같아서 누구와도 주고받고 싶지 않다고 생각해온 지 오래됐다. 나는 만나면 힘들다는 이야기나 타인의 험담만을 늘어놓는 사람을 좋아할 수 없고, 그래서 나도 그런 사람이 되지 않으려 애쓰고 지내왔다. 가끔은 그래도 될 만한 친구들에게 힘듦을 내려놓지만, 그것이 몇 번이고 계속되도록 나를 내버려두진 않는다. 꽁꽁 내 마음을 봉해서, 블로그에나 끄적여대는 것이다.

내가 마음껏 푸념을 털어놓았던 친구가 언젠가, 그것도 나도 몹시 힘들 때에 내게 와서, 내가 그랬듯 넋두리를 쏟아낼까 두렵다. 그때 내 마음에 너의 푸념들을 놓아 둘 공간이 있을까. 나는 너를 잃게 되는 것은 아닌가. 나는 정말이지 누군가에게 버거운 존재가 되는 것을 참기가 힘들다. 우리 서로에게 짐이 되지 말자, 짐이 되지 말자, 혼자 생각하며 땅을 보고 걷다가 그래서 내가 사랑도 못하지, 못했지, 같은 생각까지 갔다.

취재작가로 취직해 나의 쉴 곳과 먹을 것을 스스로 책임지기 시작한 지 이제 두어 달. 남의 돈을 벌어 내 삶을 짓는다는 것이 눈물겟게 어려운 일인 줄 그전에는 몰랐다. 출퇴근길 공항철도에서 잠깐 눈을 붙여도 좋을 테지만, 그러고 나면 '일―잠―밥' 세 가지 말고는 없는 텅 빈 하루가 되는 것 같아서 짬짬이 책을 읽고 있다. 오늘 퇴근길엔 다큐멘터리 제작에 대해 영화감독 고레에다 히로카즈 씨에게 조언을 얻을까 해서, 『영화를 찍으며 생각한 것』을 다시 펴 들었다.

고레에다 히로카즈는 젊은 시절 TV 다큐를 오래 만들었다. 당시 그는 환경청에서 한평생 국민복지에 헌신했지만, 미나마타병이 발발하자 죄책감 속에 자살한 한 공무원의 이야기를 다큐로 만든다. 취재를 위해 애써 만난 유가족 앞에서 고레에다는 질문을 머뭇거린다. 오랜 세월 함께 산 남편을 얼마 전 잃은 사람에게 죽음에 대해 말해달라고 하는 건 섬세하지 못한 행동이 아닐까, 자책하면서.

갓 이 일을 시작한 내게도 저런 마음들이 무거운 자갈처럼 가득하다. 자기들끼리 부딪치며 속에서 자글자글 소리를 낸다. 이 돌멩이는 무엇이라 불러야 좋을까. 양심이라기엔 설익었고, 배려라기엔 알량하다. 당시 괴로워하던 고레에다에게 유가족인 부인은 이렇게 말했다고 한다. "제게는 어디까지나 개인적인 남편의 죽음일 뿐이지만, 남편의 직업상 아주 공적이며 사회적인 죽음이라는 측면도 있겠지요. 그러니 남편이 인생을 걸고 힘쓴 복지에 대한 방송이라면, 아마 제가 그것에 대해 말하기를 그이도 바랄 거라고 생각해요."

고레에다는 저 말을 듣고 열심히 방송을 만들었다고 한

다. 하지만 그것이 아무리 사회적인 죽음인들, 가족을 잃은 사람은 그것을 제 입으로 다시 말할 때 그저 '한 존재'로서 아플 것이다.

그런 아픔을 매주 봐오면서, 내 영혼은 지쳐버렸다. 그래도 내가 덤덤하지 않다는 게 차라리 다행이다. 여전히 아프고 계속 아플 수 있는 사람이라서, 함께 아플 수 있는 사람이라서 괴롭지만 다행이라고 생각했다.

방송국에서 나는 여리고 예민한 사람으로 캐릭터화되어 있는데, 나는 그것에 대한 농담을 그저 웃어넘기고 말지만, 그래서 나를 자랑스러워해야겠다는 생각도 요즘엔 한다. 나에겐 많은 것이 불편하다. 나는 세계와 불화하고 있다. 좋지 않은 세계와 불화하고 있으니 자랑스러워해야 하는 건 아닐까, 혼자 생각하다가 이런 것도 자랑이 되나, 어이가 없어 웃고 말았다.

내가 만들고 있는 방송 자체에는 자부심을 느끼지만, 나를 둘러싼 많은 것들이 나를 불편하게 한다. '넌' 혹은 '새끼'를 농담이라며 아무 데나 붙이는 어느 감독, 사람들의 심기를 거스르지 않기 위해 사랑스러운 말투와 태도를 연기하는 삶……. 그 모든 것에 나는 지쳤다. 조금 더 무딘 사람이었다면 지금보다 행복했을까.

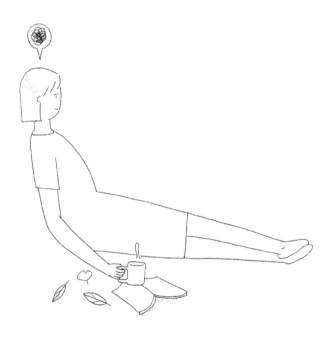

춤추고 싶으면 추면 되지

어쩌면 좋을까. 피디와 작가는 한 세트인데 Y 피디님이 다른 프로그램으로 발령이 났다. 다른 피디님과 지금의 다큐 프로를 할지, Y 피디님을 따라갈 수 있을지는 아직 모르겠다. 다큐가 좋은데 나를 아껴주는 사람 없이도 괜찮을까. 바람을 막아주던 언덕이 사라진 기분. 영화제로 갈걸 그랬나. 끝없는 선택지들에 지친다. 먹고사니즘!

심란한 마음을 안고 오랜만에 옛 동아리 시절 친구를 만났다. 그간 서로 바쁘기도 했지만, 내가 친구로부터 잠시 도망쳐 있어서다. 친구가 애인과 헤어지고 괴롭고 외롭다며 토해놓는 감정들이, 내겐 무거웠다. 이기적이게도 조용히 도망쳤다가 돌아간 나를 친구는 말없이 반겨주었다. 나는 친구의 손에 이끌려 초등학교 때도 안 갔던 오락실에 가서 스텝을 밟으며 신나게 놀았다. 우리는 동전노래방에서 가요도 불렀다. 나는 책만 읽고 모던락을 들으며 조용히 산책만 할 것 같은 이미지 속에 나를 가두고 지냈는데, 요즘엔 그게 싫어지고 있다. 내 안에도 흥이 살고 있고, 이제는 남들의 시선 상관 없이 밖으로 나가보고 싶다.

그러고는 우연히 들어간 구제샵에서 화려한 여름옷을 샀다. 나는 원래 어릴 때 이런 걸 좋아했는데, 점점 사람들이 꽃무늬 옷은 촌스러운 거라고 안 입고 무인양품같이 입는 게 세련된 거라고들 해서 잠시 잊고 살았다. 생각해보니 남들의 생각을 따라가는 게 제일 촌스럽다. 입고 싶은 거 입으면 되지. 추고 싶으면 춤추면 되지.

아등바등 사무실

처음 가는 길

영화 <초행>은 다큐멘터리 같다. 배경음악 하나 없이 불안하게 흔들리던 담백한 화면이 꺼지고 빈 극장의 불이 켜질 때까지 무엇도 해결되지 않고 아무도 더 행복해지지 않는다. 하지만 그것을 보고 나오는 나는 이상하게도 살아갈 힘을 얻었다.

2017년 개봉작 <초행>은 숨 막힌 갈등 끝에 속 시원한 결말을 안겨주는 영화는 아니다. 그러나 주인공들이 담담히 통과하는 지난한 생은, 내가 삶을 조금 더 살아보고 싶게 만들었다. '고통의 모양은 나와 닮아 있지만, 결국 저이는 저렇게 살아내는구나.' 곱씹으며 혼자 돌아가는 밤길은, 어제보다 걸을 만해진 것이다.

누구에게나 삶은 처음 가는 길, 초행이다. 7년째 연인인

수현과 지영에게도 그렇다. 좁은 방 안에서 함께 먹는 배달 음식, 어제도 오늘도 텅 비어 있는 통장 같은 것들은 이제 뻔하다. 동시에 지금의 이 익숙하지만 뜨겁진 않은 연인 관계, 각자의 비정규직 일자리는 언제 사라질지 불안하다. 수현은 그림을 가르치며 입시학원을 전전한다. 지영은 방송국에서 뉴스 만드는 일을 보조한다.

영화 속에서 둘은 각자의 가족에게 인사드리러 가야만 하는 타이밍에 놓이고, 서로의 미래 그리고 지금 하는 일에 대해 자꾸만 설명하게 된다. 그때마다 둘은 명료하게 '결혼할 겁니다.' 혹은 '미술 선생님입니다.' '방송국 피디입니다.' 말할 수가 없다. 이들은 선명한 길 밖에 있다. 이들의 중언부언 길을 잃은 언어는 각자의 삶과 닮았다. 〈초행〉은 삶의 길을 헤매는 이 오래된 연인의 뒷모습을 조용히 따르는데, 내가 오래 머물고 싶었던 장면은 동거하던 둘에게 찾아온 아기를 예감하며 나누던 이 대화다.

　　지영 : 내 안에 우리 엄마가 혹시 있을까 봐, 그래서 그게 그

러려고 하지 않아도 아이를 대할 때 툭툭 나올까 봐 무서
워. 그럼 어쩌지?

수현 : 그렇게 안 하면 되는 거지, 그런 것들이랑 싸우는 게
사는 거 아닌가?

〈초행〉은 '그런 것들', 타고난 대로 쉽게 살아버리고 싶
은 마음, 인생에 져버리고 편히 눕고 싶은 마음과 지난
하게 싸우는 과정이다. 지영이 너무 불안한 나머지 임신
테스트를 해보지 못하고 "불안해, 나!" 하며 남자친구 수
현에게 외마디 비명을 내질렀을 때, 수현은 괜찮아 잘될
거야, 가 아니라 "나도 불안해!" 말하며 어깨를 도닥인
다. 영화는 알고 있다. 헛된 위무보다도 함께 싸우며 걸
어줄 사람이 이 생엔 필요함을.

허기진 날의 시 읽기

하루 종일 그다지 가치를 찾을 수 없는 일에 내 시간과 집중력을 팔아치웠다는 생각이 들 때, 나는 입에 과자를 쑤셔 넣는 사람처럼 무엇을 자꾸 읽고 본다. 그렇게 한참을 게걸스럽고 보내고 나서도 잠드는 것이 아까운 날에는 시집을 꺼내어 본다. 오늘은 주하림의 「작별」이란 시가 허기를 달래주었다. '우리가 한 번이라도 어렵지 않은 적이 있냐고' 되묻는 문장에서 위안을 얻는다. 내 마음 같아서. 그래, 산다는 건 어려운 거지.

누구도 아닌 나를 위해 살아야지. 출퇴근길 나뭇잎에다가 하늘에다가 한강에다가 다짐을 써넣지만 누구를 위해 이렇게 눈뜨고 감는 건지 모르겠는 날이 있다.

방황을 왜 사서 해요?

오랜만에 H 피디님을 뵀다. 언론인이 되고 싶던(어쩌면 '기자', '피디'라는 타이틀이 갖고 싶던) 동아리 시절 알게 된 분. 여전한 느린 말투로 내게 어떻게 사느냐 물으셨다. 이번에 옮겨간 영화제 명함을 드렸다.

"그 일 재밌어요?"
"애매하게 재밌어요."
"그럼 됐네, 재미없지만 않으면 일단은 됐어요."
"사실 잘 모르겠어서 서른까지는 방황하고 싶어요."
"방황을 왜 사서 해요. 맘 편히 빨리 제자리 찾으면 좋지."

'흔들려야 청춘이다.' 같은 소리 안 하시는 분이라 좋다. 나는 딱 서른하나에는 어디에 있든 그게 내 자리다, 하

겠지만 그전에는 이것저것 해보며 맘껏 방황하겠다 말
했다. 그랬더니 일찍 안착해도 평생에 한 시기는 반드시
방황하게 되더라고, 미리 해두는 것도 좋겠지요, 하셨다.

어른다운 어른을 만나고 올 때면 든든한 마음이 된다.
나이 많은 기득권 남성에 대한 편견을 깨주는, 이런 어른
을 많이 만나고 싶다. 나부터 좋은 어른이 되어야 하고.

조언의 조건

"상희씨, 지금 이 길은 사람이 좋아서, 영화가 좋아서 하고 '좋아서'로 견딜 수 있겠지만 살다 보면 본전 생각이 날 때가 올 텐데요. 그때 과거를 부정하고, 과거를 선택했던 나를 지워버리는 실수를 하지 말아요. 그러면 그다음 삶은 사라져요. 그러지 않기를 바라요. 계속 좋아했으면 좋겠어요. 내가 도울게요."

오늘 술자리에서 처음 뵌 어느 선배가 내게 말했다. 20여 년 먼저 영화제 일을 시작해서 지금은 활동가들의 지원금 확대를 위해 일하는 사람. 올해가 지난 뒤에 내가 다른 곳에 있을 수도 있겠지만, 그래도 언젠가 꺼내보게 되리라 확신한 오늘의 고마운 말.

막 시작한 사람들을 애틋함과 기대로 바라보는 먼저 산

어른의 눈빛, 나는 그것을 좋아한다. 원하는 사람에게 조언은 꼰대의 언어가 아닌 말 그대로 돕는 말, '조언'이 된다.

하기 싫은 일을 하지 않기

10월이면 지금 있는 영화제 스태프 근무가 끝나고, 곧 다른 영화제에서 일할 예정이다. 가고 싶었던 잡지사는 모두 떨어졌다. 이대로 영화제들을 오가며 살게 되는 걸까? 좋아하는 다큐 영화들을 보고, 감독들을 대하고, 이런저런 홍보자료를 쓰고, 이것저것 행사를 준비하는 잡다한 일들.

영화제라는 일터에선 정장을 입지 않아도 된다. 수십 가지 색의 천을 이어 붙인 치렁치렁한 치마 같은 걸 입어도 누구도 뭐라 하지 않는 곳. 여러모로—감정이며 인권이며— 감수성 있는 사람들과 지낼 수 있다. 급여는 딱 생활할 만큼이지만.

싫지 않지만 뛸 듯이 기쁘지도 않다. 영화 〈카모메 식당〉의 대사가 생각난다. 식당을 하는 주인공에게 한 손님이 말한다.

  "좋아 보여요. 하고 싶은 일 하고 사는 거."
  주인공은 답한다.
  "아뇨, 저는 하기 싫은 일을 하지 않는 것뿐이에요."

지금의 나도, 하기 싫은 것을 하지 않는 인생이면 괜찮은 거겠지? 이렇게 사는 게 나다운 거겠지?

무엇도 확신할 수 없는 나날이다.

붉은색 타인

퇴근길, 수십 명의 붉은 옷을 입은 큰 무리와—아마도 스포츠 관람을 했을— 지하철에 함께 탔다. 조금씩 들떠서 큰 목소리로 흥분해 떠드는 목소리들, 땀 냄새와 붉은 기운이 무척이나 거슬렸다. 중간에 내려버릴까 고민하다가 지금 내가 얼마나 자극을 견딜 힘이 없는 상태인지를 실감했다.

오늘 회사에서는 모두가 입을 모아 무능력하다고 탓했던 다른 팀 팀장이 견디다 못해 스스로 사직서를 냈다. 놀랍게도 바로 수리가 됐다고 한다. 함께 욕하던 우리들은 '이렇게까지 되길 바란 건 아니었는데…', '딸이 둘인 사람한테 너무하셨다…' 선한 사람을 자처하며 남 탓을 한다. 적극적으로 눈앞에서 저항하는 이는 아무도 없다. 방관자인 건 나도 마찬가지. 그동안 내 일만 신경 쓰기에도 바빴다. '어차피 내가 뭘 바꿀 수 있겠어.' 하는 마음이었으니까.

힘든 하루였다. 타인. 타인. 타인이라는 것.

아등바등 사무실

좋은 영화 보여줘서 고마워

내가 일하는 영화제에선 노인복지회관 상영회를 연다. 이번 달엔 말이 아닌 손가락과 눈짓으로 대화하는 장애인 연인을 담은 다큐 〈달팽이의 별〉을 틀었다. 상영관 에어컨이 좋아서였는지, 영화가 좋아서였는지, 만석에 뒤에 서서까지들 보셨다.

영화가 끝나고 할아버지들 옆에 앉아서 어떠셨냐고 물어보니까, 평소엔 별말 없던 분들이 입을 열기 시작했다. 모자 쓴 할아버지는 "아픈 사람 둘이 저리 살아가니 불쌍해서 어쩌냐."고 했다. "할아버지, 저 둘은 자기 자신이 하나도 안 불쌍하대요, 둘이 있어서 좋대요." 하고 말하니까 "그러면 다행이다." 하고 가셨다. 연두색 조끼 입은 할아버지는 "저기 자막으로 나오던 글귀는 누가 쓴 거냐."고 물어봤다. "눈 안 보이고 귀 안 들리는 주인공 남자분이 썼어요." 하니까, 저런 사람들도 저렇게 아름다운 시를 쓰는 줄 몰랐다고 자기가 부끄럽다고 하셨다.

그리고 내가 정리를 다하고 나갈 때까지 기다리던 비쩍 마른 한 할아버지가, 들려주고 싶은 시가 있다고 했다. 외로운 사람 둘이 사는 저 영화를 보니까 '울지 마라 외로우니까 사람이다. 산 그림자도 외로워서 하루에 한 번 사람 사는 마을로 내려온다.' 하는 시(정호승, 「수선화에게」)가 생각났다고 했다. 할아버지는 좋은 영화 보여줘서 고맙다고, 내게 몇 번이고 말하셨다.

돌아가는 길에, 영화란 다 같이 볼 수 있는 것이니 역시 좋다고 생각했다. 노인들 보시기엔 너무 은유적이고 느린 다큐는 아닐까 걱정했었지만, 좋은 것은 어떤 배움, 어떤 나이, 어떤 살아옴 앞에서도 좋은 것인가 보다.

네가 좋아해서 나도 좋아해

좋으니까 본다. 이게 얼마나 좋은지 세상에 알리고 싶어서 쓴다. 어쩌다, 나는 영화제 스태프로 먹고 살게 될 만큼 영화에 가까워진 것일까?

영화는 '내가 좋아하는 사람이 좋아하던 것'이다. 아빠는 젊은 시절부터 영화를 좋아했다. 물려받은 형들 옷을 영화 주인공이 입은 옷처럼 고쳐 입다가 지금은 의상실을 하고 있을 만큼. 젊은 시절에 불법 심야 영화관을 돌아다니다 통금에 걸려 경찰서에 자주 다녔다는 이야기를 할 때 아빠는 즐거워 보였다. 나는 거실에서 아빠 팔을 베고 누워 아빠가 좋아하던 흑백영화나 다큐멘터리를 보는 시간을 좋아했다.

그렇게 처음 좋아하게 된 영화는 중학교 2학년 때의 흑백영화 〈그리스인 조르바〉였다. 조르바처럼 영혼에 따라 제멋대로, 하지만 약자에게 약하게 살고 싶다고 생각했다. 그때 처음, 영화를 통해서 내가 살아보지 못한 삶과 나와 닮지 않은 캐릭터를 동경하기 시작했던 것 같다.

고등학교 때는 정치 선생님을 동경했다. 나는 부산에서도 특히나 보수적인 분위기의 소위 명문 여고를 다녔는데, 그는 조금 다른 선생님이었다. 부모님을 따라 〈조선일보〉를 보던 나에게 〈한겨레21〉을 건네줬고, 애들이 공부하기 싫다고 하면 통기타를 치면서 김광석 노래를 불러줬다. 그가 담임을 맡았다는 이유로 신문부에 들었다.

현장학습으로 예술영화관(지금은 사라진 국도예술관)이라는 곳에 갔을 때, 나는 지금의 내 삶을 만든 다큐멘터리 〈클래스〉(로랑 캉테 감독)를 만났다. 생전 처음 보는 풍경이었다. 선생님에게 반항하는 학생, 학생들과 둥글게 둘러앉아 토론하는 교장… 말도 안 돼! 저런 영화처럼 살고 싶었고, 그런 모습으로 내가 있는 곳을 바꾸고 싶었다. 이런저런 생각들을 글로 써서 그에게 보여주자, 태어나 처음 쓴 리뷰가 교지에 실렸다. 그는 "상희는 글 쓰는 일을 해도 좋겠다."고 말하며 웃었다.

대학에 와서는 꼭 영화가 아니라도 무엇이든 쓰고 싶었다. 잔소리할 부모님은 고향에 계시겠다 시간은 남아 넘치겠다. 쓰기 전에 머리를 채우는 게 먼저일 것 같아 인문학 독서 토론 동아리에 들었다.

그리고 대학에 와 처음 좋아하는 사람이 생겼다. 그 애는 영화를 보고 글을 쓰는 게 취미라고 했는데, 그 애가 좋다고 한 영화의 제목은 모두 꼬부랑 글씨거나 미지의 것들이었고, 내 세계 안에는 없는 것들이었다. 그래서 그런 것들은 어디서 보냐고 물어봤을 때 그 애는 '인디포럼'에 같이 가자고 했다. 도대체 그게 뭐지! 너무나 신비로운 이름이었다. 그 애는 내게 그곳에서 데일리팀 자원활동가를 모집하는데 네가 잘할 것 같다고 했다. 그렇게 영화를 보고 감독을 인터뷰하고, 리뷰를 쓰는 일이 시작됐다.

이후로도 내가 좋아했던 사람들은 이상하게도 영화를 좋아했다. 보거나, 쓰거나, 만들었다. A가 간다고 해서 영화제 자원활동가를 하고, B가 했다고 해서 모 영화관 관객기자단을 하는 식이었다. 그렇게 독립영화의 주변을 맴돌다 보니 이제는 그냥 영화 자체를 좋아하게 됐다.

영화를 보고 있을 땐 외롭지 않아서 좋다. 세상의 다양한 폭력들에 저항하는 영화를 만날 때면, 조금 더 제대로 된 어른이 되어야겠다는 생각이 들어 좋다.

한 편의 좋은 영화를 보고 나면 나는 그것을 보기 전보다 나은 사람이 된다고 믿는다. 그래서 보다 정확한 언어로 사랑해주고 싶다. 아름다운 언어로 치장해주고 싶다. 다른 사람에게도 더 많이, 사랑받을 수 있게끔.

라디오 인턴
첫 주 근무 일지

1차 멘붕

아침 시사 방송 전화 연결 게스트의 번호를 잘못 썼다. 게스트를 소개 받았던 사람의 번호를 왜 적었을까. 본부장님, 급하게 스튜디오에서 뛰어나오셔서 "전화번호가 이게 아니야!"

2차 멘붕

토크 프로그램에서 음악을 틀고 음향 관리—오퍼레이팅—하는 분이 갑자기 아침에 일이 생겨서 못 나오게됐다. 옆에서 기기 다루는 모습만 본 적 있던 내가 들어갔고, 결과는? 노래가 끝난 후 10초간 공백이 생기고, 내 한숨소리와 잡음 들어가고, 마이크를 켜지도 않고 말을 했다. 난 왜 오늘 잘리지 않았을까? 작은 방송국이라 많이들 안 들으셨을 테니 그나마 다행인가. 그래도

196

많이들 들으셨으면 좋겠다. 청취자 없는 라디오나 독자 없는 책이나 앙꼬 없는 찐빵이니까.

3차 멘붕

오늘 자 파일들 녹음 편집하려고 편집실에 들어갔다. 내 자리 컴퓨터가 꺼져 있어서 '아, 이게 내 피씨 전원인 가?' 하며 뭔가를 딸깍 눌렀는데… 옆에서 편집을 마쳐 가던 피디님 피씨를 끈 거였다. 괜찮다고 해주셨지만 엎드려 사죄하고 땅으로 꺼지고 싶었다.

4차 멘붕

그 누구도 나에게 혼을 내지 않았다. 첫 방송은 다 그런 거야, 원래 다들 처음엔 그래, 라고만 했다. 차라리 혼이 났으면 좋겠는데! 뭘 구체적으로 잘못했는지 말해주셨 으면 좋겠는데! 내가 너무 움츠러들어 있으니까 딱하셨 는지 다들 별 말씀이 없으셨다. 나는 작지만 의미 깊은 우리 방송국을 위해서 더더 잘해야겠다는 생각이 들었 다. '역시 사람은 꾸중이나 혼냄보다는 사랑 속에서 혼 자 깨닫는 존재가 아닐까?' 하고 점심 설거지를 하면서 혼자 너무 멀리 갔다.

그래서 역지사지

퇴근길 지하철 광고 전광판에, 커다랗게 컴퓨터 에러 표시가 떠 있다. 오래 사라지지 않았다. 예전엔 그걸 보고 생각 없이 지나갔을 텐데, 이제는 '아, 이번에 새로 들어온 인턴이 관리하나? 너도 파이팅!' 하게 되는 거다. 혼자 이런 생각 하는 내가 우스워서 막 웃으면서 걸어왔다.

다시 나만의 방으로

대청소와 여름옷 정리를 하루 종일 했다. 샤워를 하고 나와 노래를 틀어놓고는 깨끗해진 방문을 열고, 살랑이는 바람 속에 누워 잠을 청하고 있었다. 벽에 붙여둔 독일의 여름 숲 사진을 보다가, 낮에 J와 침대에 걸터앉아 에어컨을 켜놓고서 나눠 먹었던 복숭아를 생각하다가, 노상 맥주를 마시자던 다른 친구들과의 약속을 생각하다가, 갑자기 눈물이 시작됐다. 계속 흐르고 흘러서 귀로 떨어져 내렸다.

지난여름처럼 좋은 여름을 올해도 만날 수 있을까. 계절이 가고 온다는 게 갑자기 온몸으로 느껴졌다. 우리가 잔디 위에 돗자리를 펴고 앉아 기타를 치고 노래를 하다가, 손가락 사이로 소낙비를 피하며 까르르 하던 계절은 이제 갔구나, 영영 갔구나. K는 연애를 시작했고, S는 미국으로 공부를 하러 가고, 나는 돈 버는 사람이 되었다. 같은 여름은 다신 만날 수 없다는 당연한 이야기가, 선선한 밤 속에 나를 흔들고 있다. 조금만 덜 좋아할걸 그랬나, 이 모든 것들을.

다음 날, 내친김에 이불 빨래에 책장 정리까지 했다. 주말 이틀 내내 동네 어귀 안에서 지내본 건 오랜만. 맞바람이 부는 방 안에서 『자기만의 방』을 읽었고 생각이 많아지면 미드를 봤다. chill이라고 적힌 음악들을 내내 들었고, 해가 지고 땅이 식기를 기다렸다가 산책을 다녀왔다. 그리고 다시 은은한 불빛 아래 남아 있는 책 한 권, 오롯한 나만의 방. 나와의 평화.

일을 시작하고 나서 더욱 혼자서 내면으로 향하는 사람, 잔잔함과 아무것도 일어나지 않음을 사랑하는 사람이 되어간다. 손을 뻗어 영화를 틀고 전화를 걸고 사람을 만나고, 웃고 재잘거리고 종종걸음 하는 직장의 내가 있고, 차분함을 헐렁하게 입고서 가만히 누운 방 안의 내가 있다.

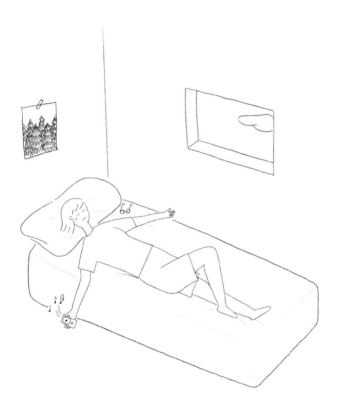

아등바등 사무실

믿는 대로 사는 일

고3 때의 나는 서울의 큰 방송국에서 정의로운 일을 하는, 뜻이 큰 사람이 되고 싶었다. 그래서 재수도 했고, 대학을 다니면서는 시위하는 선배들을 따라다니기도 했다. 언론 투사들의 강의를 초청해 듣고 저렇게 되고 싶다고 생각했던 때도 있었다.

하지만 지금의 나는 자그마하고 마음 편한 곳에서 내 마음이 흘러가는 걸 바라보고 싶다. 그저 자기 속도로 다박다박, 각자의 삶을 열심히 가꾸는 사람들의 이야기를 담는 일을 하고 싶다. 이런 내가 비겁하다고 생각진 않는다. 방송 일을 잠깐 하며 세월호 유가족들을 담았던 한 번의 프로젝트만으로, 나는 내가 담아낼 수 있는 슬픔 그릇의 얕기를 알았다. 눈물이 말라버려 아무것도 느끼지 못하는 상태가 무엇인지를 알았다. 나는 지나치게 예민하고 아픔에 쉬이 전이되는 사람이었다. 나의 소명을, 사명감을 고통이 먹어 삼켰다. 그렇게 나는 그곳을 나왔었다.

세상은 펜으로 싸우는 사람만으로 굴러가진 않으니까. 누군가는 밀을 키워야 하고, 누군가는 빵을 구워야 하고, 누군가는 운전을 해서 따끈한 빵을 옮겨야 한다. 거기에 '생활'이 있다.

또 누군가는 하루의 피로를 씻을 만큼 웃긴 시나리오를 쓰고, 누군가는 존재의 공허를 다독이는 그림을 그린다. 거기에 '예술'이 있다. 그리고 나는 그 모든 '삶'을 듣고 옮기는 사람으로 살고 싶다.

내 삶에 충실하면서, 계속 아픔들을 목도하고 싶다. 함께 곁에서 앓지는 못하겠다. 그럴 수 없는 사람인 나를, 그렇게 하지 않기로 한 나를 미워하지 않기로 했다. 괜찮다. 그렇게 믿는다. 믿는 대로 살아갈 것이다.

당신의 삶과 연결되었기를

내 경험이 남들에게 도움을 주는가. 뻔뻔한 자랑이나 지지한 험담에 머물지는 않는가. 타인의 삶으로 연결되거나 확장시키는 메시지가 있는가. 이리저리 재어본다. 자기만족이나 과시를 넘어 타인의 생각에 좋은 영향을 준다면 자기 노출은 더 이상 사적이지 않다. 돈 내고 들으려는 사람도 생길 것이다.

_ 은유, 『쓰기의 말들』

도상희라는 사람을 지나치게 많이 보여준 것은 아닌지, 위의 문장을 읽으며 괴로웠습니다. 부디 제가 세상과 사랑에 빠지려 애써온 하루하루가 당신의 삶과 연결되었기를 기도합니다.

끝으로 나은심 편집자님, 가족, 친구들, 제 글에 힘이 있다 믿어준 사람들에게 고맙다고 말하고 싶습니다.

"상희씨의 글이 제가 내일 더 나은 사람이 되게 합니다." 말해준 노래하는 사람.
"상희씨의 서울살이를 읽으면, 저랑 닮아서 애틋해요." 하던 품이 넓은 당신.
"상희야, 구원은 셀프야." 꾸짖어주었고 글들을 책으로 엮어보라 제안해준 언니.

덕분에 지금까지 쓸 수 있었습니다.

다시 오지 않는 봄,

도상희 드림